천마사냥꾼

운경 현대 판타지 장편소설

WISHBOOKS MODERN FANTASY STORY

Wish Books

천마사냥꾼

CONTENTS

제47장
천마궁(天魔宮)

1

적시운이 그간 품어왔던 의혹 중 몇 가지가 백진율과의 대화를 통해 해소되었다. 때문에라도 머릿속을 정리할 필요가 있어 보였다.

'일단 나는 시간 이동이 아닌 차원 이동을 한 게 확실해 보인다.'

이제 와 백진율이 거짓말을 할 이유는 없을 터. 적시운이 방문했던 곳은 다른 차원의 지구라고 볼 수 있었다.

'문제는 그 차원의 지구와 우리의 지구 사이에 얼마나 차이가 있느냐는 건데…….'

[흠, 그게 다 무슨 소린가?]

'쉽게 말해 당신은 이쪽 세상 사람이 아니라는 거지. 아무래도 이쪽 세계의 천마는 다른 식으로 죽은 모양이야.'

[허.]

천마가 미묘한 탄성을 뱉었다.

[그럼 다른 세계의 자네는…….]

'죽었거나 살아 있거나. 어쩌면 아예 태어나지 못했을 수도 있지. 어느 쪽이든 내 알 바는 아니지만.'

[하면 이쪽 세계의 역사는 본좌의 중원과는 다를 수도 있겠군.]

'그럴 가능성이 높아. 그래도 천마신교와 무림맹 자체는 존재했던 게 분명해.'

[확인해 보겠나?]

'어떻게?'

[본좌의 기억 속에 남아 있는 천마신교의 본거지를 찾아가 보면 되겠지.]

'수백 년이나 지났는데 흔적이 남아 있을까?'

[천마신교는 힘겨운 싸움을 치러왔네. 살아남기 위해서는 수단과 방법을 가리지 않았지. 건축 양식도 마찬가지일세. 밀실과 비밀 공동을 여럿 만들어 두었으니 천재지변이 강타하지 않은 이상은 멀쩡한 곳이 있을 걸세.]

'흠…….'

그리 나쁘지만은 않은 생각. 어쩌면 천무맹의 비밀이나 정보를 더 알아낼 수 있을지도 몰랐다.

"상황만 이렇지 않았다면 다녀왔을 텐데."

[본산이라 할 수 있는 천마궁은 사천성에 있네. 가까운 거리는 아니지만 자네에게는 그리 먼 거리도 아닐 걸세.]

"그렇기는 한데……."

전력으로 시우보를 펼치면 금세 다녀올 수 있을 것이었다. 물론 그 전에 해야 할 일이 있었다.

적시운은 활주로 위로 내려섰다. 터미널에 있던 헨리에타 일행이 급히 달려 나왔다.

"시운 님! 몸은 괜찮으세요?"

밀리아를 비롯해 모두 걱정 가득한 얼굴이었다. 하긴 옷가지가 걸레짝이 되어버렸으니 그럴 만도 했다.

눈치 빠른 그렉이 새 옷을 구해왔다. 아마도 면세점에서 가져온 모양. 적시운은 옷부터 갈아입은 다음 헨리에타를 불렀다.

"지금 바로 비행선을 띄워서 부산으로 가. 임성욱에게는 내가 말해둘게. 도착한 다음엔 일단 동백 연합을 지원하도록 해."

"당신은 같이 안 가고?"

"잠깐 다녀와야 할 곳이 있어. 오래 걸리진 않을 거야."

느릿하게 고개를 끄덕이는 헨리에타. 근심이 가득한 표정이었다.

"추격이 따라붙진 않을까? 조금 전의 미사일 폭격만 봐도……."

"추격대는 내가 유인할 거야. 내가 떠나고 1시간만 기다린 다음에 바로 비행선을 띄워."

"조금이라도 쉬어야 하지 않겠어?"

"그럴 여유가 있을 것 같진 않아. 하여간 다들 준비해 두라고 해. 항공로는 황해를 경유하게끔 설정하고."

"알겠어. ……몸조심해."

적시운은 픽 웃고서 신형을 띄웠다. 그 뒷모습을 바라보던 헨리에타가 이내 터미널로 향했다.

적시운은 세부섬을 한차례 돌아봤다. 현무전의 병력은 사실상 전멸한 뒤. 세부섬 자체엔 더 이상 대공사격을 할 전력이 남아 있지 않았다.

그래도 혹시 몰라 북서쪽으로 날았다. 마닐라와 세부 사이에 위치한 군도를 돌아보았으나 역시 대공 시설이나 병력은 없었다.

하기야 대공망을 깔아둘 시간적 여유가 없었을 터였다. 그 와중에도 마닐라 쪽 군사 시설을 장악했다는 건 놀랄 일이었지만.

'결국 당장 주의해야 할 건 백진율 하나뿐이라는 건데.'

잠깐의 고민. 적시운은 어렵사리 결정을 내렸다. 이대로 사천성으로 향하기로 말이다.

'놈이 내 허를 찌르려 했다면 충분히 할 수 있었을 테니.'

결심이 확고한 적시운과 달리 백진율은 아직도 마음을 정하지 못했다. 물론 그것은 천무맹과 중국이 지닌 압도적인 전력에서 나온 여유에 가까웠지만.

백진율은 여전히 적시운을 손에 넣고 싶어 했다. 그에 대한 호불호와 별개로 그것만큼은 적시운으로서 좋은 일이었다.

마음을 정했다면 주저하는 일은 없어야 했다. 적시운은 곧장 시우보를 펼쳐 사천성을 향해 날아갔다.

적시운의 추측은 반만 맞았다. 백진율이 번민하고 있는 것은 맞았지만 그것만이 추격을 포기한 이유는 아니었다.

"빌어먹을 남만 놈들."

무백노사가 씹어뱉듯 중얼거렸다.

지휘선 약사여래의 대형 모니터에는 마닐라 주변의 지도가 표시되고 있었다. 시외를 둥글게 포위하고 있는 붉은 광점은 필리핀 정부군. 수뇌부만 도려내면 투항할 거라 예상한 무백노사의 생각과 달리, 루손(Luzon)섬 내의 그의 모든 육군 병력이 마닐라로 몰려들었다.

처음엔 그 사실에 코웃음을 친 무백노사였다. 기껏해야 소국의 병력이 뭘 어쩌겠느냐는 생각에서였다.

한데 그렇지만도 않았다. 루손섬의 면적은 남한과 비슷한데다 인구수는 대한민국보다도 많았다.

게다가 원체 예전부터 중국과 영토 분쟁이 많았던 탓에 무시할 수 없는 육, 해군 전력을 갖추고 있었다.

"상황은?"

지휘실로 들어선 백진율이 물었다. 무백노사가 허리를 기역자로 꺾으며 예를 취했다.

"저 여송(呂宋) 오랑캐 놈들의 처분은 이 늙은이에게 맡겨주십시오."

"저들의 접근을 허용한 것은 반쯤 내 탓이잖소. 뒷짐 지고나 몰라라 할 수만은 없지."

무백노사는 대통령을 살해하자마자 마닐라 외곽의 미사일 격납고부터 장악했다. 혹시 모를 필리핀 육군의 반발을 원천봉쇄하기 위함이었다.

하나 그 미사일의 대부분을 막탄섬에 쏟아붓고 말았다. 그렇다 보니 루손섬의 육군 병력을 억제할 수단이 사라졌다.

백진율의 책임이 절반이란 말은 그 때문이었다. 미사일 발사

명령을 내린 게 다름 아닌 그였으니까.

"이 늙은이가 끌고 온 병력은 천무맹의 최정예이며 창궁검왕도 이곳에 있으니 저 잡놈들을 두려워할 일은 아닙니다. 맹주께선 부디 마음을 돌리셔서 적시운 그놈부터 처리해 주시면 감사할 것입니다."

"노사."

"이 늙은이가 언제 맹주께 생떼를 부린 적이 있었는지요? 단언컨대 단 한 번도 없었을 것입니다."

"……그랬지."

"하오니 이 늙은 것의 처음이자 마지막 청원을 들어주소서. 적시운 그놈은 천무맹의 힘이 될 자가 아니라 세상을 망쳐 놓을 독. 저 마수들과 다를 바가 없는 놈입니다."

백진율은 물끄러미 노사를 바라봤다. 무백노사는 제자이자 주군인 사내의 두 눈을 애원하듯 바라보았다.

"……알겠소."

백진율이 말했다. 무백노사의 낯빛이 밝아지려는 찰나.

"하지만 지금 당장은 힘드오."

곧바로 이어지는 백진율의 말. 무백노사는 실망감을 애써 갈무리했다.

"이유를 물어봐도 될는지요?"

"적시운은 이미 세부섬을 떠났소."

"예?"

"희미하지만 느껴지오. 놈의 기척이 유라시아 대륙으로 향하고 있다는 것이."

무백노사의 얼굴이 다급해졌다.

"하, 하오면 놈을 쫓아야……."

"힘들 거요. 이미 놈의 기척을 놓쳐 버렸거든."

"으으음……!"

무백노사는 손톱 끝을 물어뜯었다. 대체 놈이 무슨 수작을 부리려는 것인지 조금도 예상할 수가 없었다.

"너무 걱정할 건 없소. 적시운이 무슨 짓을 획책하든 달라지는 것은 아무것도 없으니까."

"하오나 놈은 간교한 데다 예측 불허입니다."

"그래도 한 가지만큼은 피해갈 수 없지. 놈 또한 사람이라는 것."

백진율은 차분한 어조로 말을 이었다.

"한반도에는 놈의 가족이 남아 있소. 부하들과 동료들, 어떤 형태로든 관계를 맺은 이들 역시."

"그, 그렇군요."

"놈이 인간성을 완전히 저버린 괴물이라면 모를까, 그렇지 않은 이상은 결국 그들을 위해 돌아올 수밖에 없소."

결국 한반도를 점령하면 모든 게 해결된다.

무백노사는 고개를 끄덕였다. 동시에 백진율이 무슨 생각을 하는지도 알 것 같았다.

'맹주께오선 가족들을 볼모로 삼아 놈을 제어하실 생각이시구나.'

제아무리 적시운이라도 어미와 여동생의 미간에 총구를 들이민다면 고분고분해질 수밖에 없다.

그렇게 해서라도 적시운을 굴복시키고자 하는 게 백진율의 생각임이 분명했다.

'그럴 수는 없다. 놈은 반드시 사라져야만 한다.'

그래도 상관없었다. 일단 놈이 고분고분해지면 어떻게든 제거할 방도가 나올 터였으니.

'맹주께서 용서하지 않으실지도 모르나…… 이 늙은이는 반드시 놈을 제거하고 말 것입니다.'

"어째서지?"

무백노사는 소스라치게 놀랐다. 마음속으로 중얼거리는 와중에 돌연 백진율이 질문을 던졌던 것이다.

"예, 예?"

"왜 그렇게 놀라는 거요, 노사?"

"그, 그것이……."

한참 머뭇거리던 무백노사가 조심스레 물었다.

"혹 맹주께오선 타심통(他心通)의 경지까지 개척하신 것인지요?”

백진율이 픽 웃었다.

“남의 마음을 읽는 법은 깨우치지 못했소. 깨우치고 싶지도 않고.”

“그, 그러시군요. 하면 그 질문의 의미는 무엇입니까?”

“노사가 지닌 증오심의 이유. 나는 그것이 궁금하오.”

백진율의 어조가 은근해졌다.

“단순히 적시운이 천마신교의 후계자이며 위험인물이기 때문만은 아닌 듯한데. 그렇잖소? 케케묵은 원한만이 이유라기엔 노사의 적개심은 너무 진한 것 같소.”

“……”

“혹 내가 모르는 뭔가가 더 있는 건 아닐까 싶더군. 어떻게 생각하시오?”

무백노사는 대답하지 못했다. 백진율이 위로하듯 미소를 지었다.

“화를 내거나 탓하고자 하는 것이 아니오. 그저 궁금하고, 알고 싶기 때문일 뿐이오.”

“……”

“내게 뭔가 숨기는 것이 있소, 노사?”

무백노사는 백진율을 똑바로 응시했다. 희미한 결심 같은 것이 주름진 얼굴 위로 스쳤다.

"이 늙은이, 하늘에 맹세코 맹주께 그 무엇도 숨기는 것이 없습니다."

"……그렇소?"

"예, 제가 적시운 그놈을 증오하는 까닭은 놈에게 살해당한 12강의 피 냄새가 아직 남아 있기 때문이며, 놈의 존재가 중화의 안녕에 방해이자 저주가 될 것이기 때문입니다. 단지 그뿐, 그 외의 이유 같은 것은 없습니다."

두 사람은 한동안 말없이 서로를 응시했다. 죽음 같은 침묵 속에서 수많은 무언의 대화가 오갔다.

"알겠소."

백진율이 말했다.

"이것에 관해서는 더 이상 노사를 추궁하는 일이 없을 것이오."

"감사합니다, 맹주."

백진율은 쓴웃음을 지었다. 정말 켕기는 게 없다면 감사하다고 인사하지는 않았으리라 속으로만 생각하며.

"그럼 이제…… 이쪽 일부터 처리하는 게 우선이겠군."

마닐라를 포위한 필리핀 정부군.

"이제 와 화평하는 것은 아마도 힘들겠군."

필리핀은 이미 너무 많은 피를 보았다. 그런 데다 무백노사의 선언까지 나와 버린 이상, 그들이 순순히 물러가리라 보기는 어려웠다.

"결국 모두 죽여야만 하는가."

2

마수라는 이름의 화마(火魔)가 세상을 휩쓴 22세기. 필리핀은 그 불길을 피해간 거의 유일한 국가였다.

그렇더라도 힘겨운 시대에 대비해야 하는 것은 다를 바 없는 일. 그래서 당대의 정치인들은 비상시의 대처 체계를 마련해 두었다.

대통령이 사망할 시의 대처 방안 역시 그중 하나. 대통령에게 귀속되어 있던 군권은 그의 사망과 함께 자동으로 인계된다.

군권을 인계받은 이는 총 7명. 군도로 이루어진 필리핀의 7개의 큰 섬의 책임자들이었다.

그중에서도 가장 큰 섬인 루손섬의 경우 참모총장이 모든 군권을 이양받게 되어 있었다.

그리고 지금, 참모총장의 선택은 복수였다. 이는 단순히 복수심과 증오심 때문만은 아니었다. 이미 아시아를 향한 천무맹의 선전포고가 터져 나온 뒤. 그 이후에 다짜고짜 대통령이 살해당했으니 화친 따위는 불가능할 거라 생각하게 되는 게 당연했다.

복수뿐만이 아니라 살기 위해서라도 필리핀군은 공격을 택할 수밖에 없었다.

"데리고 온 병력은 어느 정도요?"

"약사여래 휘하의 제3전투 선단입니다. 고급 전투원은 상, 중, 하급 무사를 통틀어 300명. 일반 병사가 1,500명입니다."

"기갑 전력은?"

"철갑 인형이 백여 대. 비행 기동이 가능한 특수 전차가 2백 대입니다."

철갑 인형은 기간틱 아머를 뜻하는 단어. 지금 와서는 거의 사장된 단어인데도 무백노사는 고집스럽게 이를 고수했다. 망국이자 적국인 미국의 언어를 쓰고 싶지 않다는 나름의 소신이었다. 백진율로선 솔직히 이해가 가지 않았지만.

"거기에 백호전주도 함께이니 해볼 만합니다. 맹주께서 굳이 나서실 것까지도 없을 겝니다."

"그렇다고 앉아서 손가락이나 빨고 있을 순 없지. 내가 있고 없고의 차이가 많은 무사의 목숨을 좌우할 텐데."

"그야 물론 그렇겠습니다만……."

"할 수 있는 건 모두 해봐야지."

백진율이 자리에서 일어섰다.

"그들을 설득해 보겠소. 실패한다면 어쩔 수 없겠지만 성공

한다면 불필요한 출혈을 막을 수 있겠지."

"맹주께오서 말인지요?"

"음, 필리핀의 참모총장이 호넬 장군이었던가?"

"총장을 직접 찾아갈 생각이십니까?"

"얼굴을 맞대야 진솔한 대화를 나눌 수 있는 법이니까. 모니터로 떠드는 건 성미에 안 맞소."

"독기를 잔뜩 품은 놈들입니다. 맹주께서 열성을 다해 설득하시더라도 들은 척도 하지 않을 겁니다."

"그렇더라도 해봐야지. 진심을 다해 설득하더라도 듣지 않는다면……."

말을 잇던 백진율이 돌연 침묵했다. 그를 유심히 바라보던 무백노사가 순간 흠칫했다. 차분한 얼굴이던 백진율의 눈빛에 살기가 스쳤던 것이다.

백진율보다야 못하다지만 엄연히 천무맹 최상위권의 강자인 무백노사. 숱한 고수들을 만나온 그의 심장이 철렁할 정도로 무시무시한 살기였다.

'이럴 수가……?!'

그러나 그 살기는 금세 사라졌다. 백진율의 눈빛 역시 평소의 총기만을 띠고 있었다. 무백노사로선 자신이 착각한 것인지 아닌지 아리송할 따름이었다.

"그럼 다녀오겠소, 노사."

"자, 잠시만 기다려 주십시오. 호위라도 데려가심이……."

"혼자가 편하오. 돌발 상황이 벌어지기 전까진 현 위치를 고수하도록 하시오."

맹주의 명령. 차분하며 다정한 어조였으나 그것은 절대적인 엄명이었다. 무백노사는 더 말을 붙이지 못한 채 고개를 숙였다.

"알겠습니다, 맹주. 다만 상황이 심상치 않다고 판단될 경우엔 이 늙은이가 독자적으로 판단하여 대처해도 될는지요?"

"그렇게 하시오."

짤막하게 대꾸한 백진율이 함교를 떠났다.

무백노사는 급히 오퍼레이터들을 집합시켰다.

"모든 정보 위성과 무인 드론을 맹주의 행보에 맞춰라."

노사의 눈빛이 흉흉히 번뜩였다.

"사소한 위해라도 그분께 가하여질 기미가 보일 시엔 우리가 나서야 할 것이다."

사천성의 서쪽 끝.

적시운은 평야가 내려다보이는 언덕에 서 있었다.

[제대로 찾아온 게 맞는가?]

천마의 질문에 적시운은 미네르바를 내려다봤다. 한국 정부의 통신위성과 연동되는 GPS가 적시운의 현 위치를 상세히 알려주고 있었다.

"당신이 주문한 대로 찾아왔어. 이곳이 바로 망원곡(忘怨谷)이야."

하지만 그곳에 더 이상 협곡은 존재하지 않았다. 가파르게 직립한 절벽도, 그 안쪽의 근원으로부터 흘러나오는 스산한 안개도 없었다. 남은 것은 그저 벌판뿐. 지형이 변할 정도의 대격변이 있었던 모양이나 지금은 시간이 상당히 지난 듯 수풀이 무성했다.

[협객불망원(俠客不忘怨)이란 말이 있지. 본좌는 스스로를 협객이라 생각해 본 적은 없어. 하지만 이어지는 말만큼은 본좌와 잘 맞는다고 생각했네. 불망원. 원한을 잊지 않는다. 그것은 곧 본좌가 평생을 지켜온 신조였지.]

"……."

[당한 것은 반드시 갚는다. 한 방울의 눈물을 흘린다면 백 방울, 천 방울로 되갚아주리라. 본좌의 모든 것을 앗아간 백도무림의 개자식들에게 피눈물을 흘리게 해주리라.]

천마의 목소리가 적적하게 울렸다.

[그런 염원을 담아 이곳의 이름을 망원곡이라 지었었네. 강호에서 경험한 모든 원망을 잊는 날에 이 협곡으로 돌아오리라 다짐하

고서. 하나 그건 사실 일종의 결의였어. 다시는 이곳으로 돌아오지 않으리라는.]

적시운은 수풀이 우거진 평원을 바라봤다. 황사가 섞인 바람이 불 때마다 초원 위로 파도가 치는 듯했다.

[이곳에 천마신교가 있었네.]

"……당신의 세계에서는 말이지."

[자네의 세계는 다르리라는 말인가?]

"가능성은 있다고 봐. 그걸 뒷받침할 근거는 없지만."

다원 우주라는 개념이 있다. 멀티버스(Multiverse)라고도 불리는 그것은 하나의 세계가 여러 버전으로 존재할 수 있음을 시사한다.

"그러니까 이쪽 세계에는 망원곡이 존재하지 않을 수도 있다는 거지. 천마신교가 다른 곳에 세워졌을 수도 있고."

[흐음.]

"이쪽 천마가 당신과 동일 인물이 아닐 수도 있어. 무림맹과 반목했던 것만은 같아 보이지만."

[그렇더라도 확인은 해봐야 한다고 보네만.]

적시운은 고개를 끄덕이고서 걸음을 떼었다. 시우보를 펼칠 것도 없이 단 몇 걸음만 내딛고도 구릉을 내려가 초원에 다다랐다.

[특이하구먼. 멀리서 볼 때는 바람이 꽤나 부는 것 같았는데 지

금은 불지를 않는군.]

무심코 중얼거리는 천마. 적시운은 돌연 걸음을 멈추었다.

"……불었던 게 아냐."

[음? 그게 무슨 소린가?]

"초원 위로 바람이 불었던 게 아냐."

[자네 지금 본좌랑 선문답하나? 그런 건 소림의 땡초들이나 좋아할……]

"가짜 바람이었다고, 조금 전에 그것."

[허……?]

적시운은 더 설명하길 포기하고서 돌멩이를 집어 들었다. 그러고는 그것을 냅다 초원 쪽으로 던졌다.

쏜살같이 날아간 돌멩이가 수풀에 닿을 때쯤.

우우웅!

돌연 푸른빛 스파크와 함께 수풀의 형상이 물결을 쳤다.

[환영?]

"홀로그램이지."

적시운은 다시 걸음을 떼었다. 동시에 초원을 향하여 염동력을 전파했다.

"홀로그램을 투사하는 장치의 위치는 정확히 알 수 없지만 투사되는 광선을 왜곡시키면……."

우우웅.

초원의 풍광이 왜곡되기 시작했다. 폭풍우 치는 날의 구형 TV 화면 같은 모습. 바람에 흔들리는 고적한 목초지가 사라지고 나타난 것은 깎아지르는 듯한 기암절벽이었다.

[으음.]

"왠지 온통 초록빛인 것에 비해선 풀 냄새가 안 나더라고."

적시운은 협곡의 입구를 찾기로 했다. 홀로그램이 다시 절벽을 뒤엎으려 할 때마다 염동력을 투사해 방해하면서.

얼마 지나지 않아 안으로 들어가는 입구를 찾아낼 수 있었다.

거대한 성벽처럼 좌우로 쭉 이어진 기암절벽. 그 한가운데를 칼로 벤 것처럼 뚫려 있는 통로.

아가리를 쩍 벌린 마수 같은 그 공간으로부터 안개가 스멀스멀 흘러나오고 있었다. 이제야 좀 그럴싸하다는 생각이 들었다.

"현대식의 기문둔갑이라고 해야겠는걸."

[어처구니가 없군. 전통적인 술법진이 있거늘, 이런 애들 장난 같은 짓을……]

"애들 장난치고는 효과가 뛰어나지 않아? 천하의 천마를 속여 넘겼잖아."

[본좌가 대강 살펴서 그럴 뿐이네.]

"응, 그래."

[지금 본좌를 의심하는 건가? 본좌는 결코 거짓말을 하지 않네. 제대로 살폈으면야 당연히 단번에 알아차렸을 걸세.]

"응, 믿어줄게."

[…….]

정색하는 천마의 반응에 적시운은 실소를 머금었다.

"어쨌든 잘된 일이잖아. 최소한 이 안에 누군가가 있다는 뜻이니."

[흠.]

"문제는 그들이 외부인을 환영하지 않으리라는 건데……."

그렇게 중얼거리면서도 적시운은 협곡 안으로 걸음을 디뎠다. 몇 걸음 걷기도 전에 어둠 속에서 무언가가 번뜩였다.

쐐액!

날카로운 파공음과 함께 날아드는 날붙이. 칼날에 독을 잔뜩 머금은 단도였다.

적시운은 걸음을 멈추지 않은 채 고개만 살짝 꺾어 단도를 피했다. 단도를 던진 상대방이 어찌 나오려나 지켜보는데, 이번에는 큼직한 불꽃이 튀어 올랐다.

탕!

먼 거리에서의 저격. 불꽃의 크기를 보건대 헨리에타가 즐겨 쓰는 대물 저격총 계열인 듯했다.

이번엔 피하지 않고 몸으로 받았다. 기간틱 아머도 갈려 나갈 철갑탄이 적시운의 호신강기를 뚫지 못하고 미끄러졌다.

팟!

적시운은 속도를 높였다.

단도를 투척한 자와 저격수는 서로 다른 인물. 목표가 속도를 올리자 그들은 돌아보지 않고 뒤로 튀었다.

"흥."

적시운은 허공을 향해 권격을 뻗었다. 퍼엉 하는 파공음과 함께 주변을 감싼 안개가 삽시간에 흩어졌다.

제법 규모가 큰 공터였다. 좁디좁은 통로가 끝나자마자 나타난 곳으로 협곡 내에서 인위적으로 만들어진 공간인 듯했다.

공터의 테두리 벽면엔 일정한 간격으로 구멍들이 뚫려 있었다. 기감으로 살피니 그 안쪽에서 희미한 살기가 느껴졌다.

보아하니 이 협곡의 안쪽 전체가 요새화된 모양. 자연적인 지형 안에 인간이 빚어낸 건축물이 들어가 있는 듯했다.

"더 안 쏘나?"

적시운이 넌지시 물었다. 그다지 목청을 높인 게 아님에도 워낙 주변이 적적하다 보니 음성이 메아리쳤다.

그에 대한 반응은 없었다. 적시운은 그제야 자신이 한국말로 말했음을 깨달았다.

"아, 그래. 뭔 소린지 모른다는 거지."

뒤늦게 미네르바를 꺼냈다. 통역 기능을 켜려니 어둠 속에서 나직한 음성이 들려왔다.

"침입자여, 네가 딛고 있는 성역의 신성함을 알고는 있는가?"

번역기를 돌린 듯 약간은 어색한, 그러나 알아듣는 데엔 이상이 없는 한국어였다.

세월의 풍파가 느껴지는 노인의 음성. 쉽게 얕잡아 보지 못할 묘한 위엄이 느껴졌다.

"이곳이 무엇인지는 누구보다도 잘 알고 있다."

적시운의 대답에 그늘 한편에서 한 줄기 안광이 번뜩였다.

"기억하라. 네가 내뱉은 말이 가진 무거움을."

"난 내가 필요로 하는 것만 기억한다. 그보다, 뭔가 명령하고 싶다면 얼굴부터 보이는 게 예의 아닐까?"

"노부 또한 노부가 필요로 할 때만 얼굴을 내비친다. 하지만 그대 같은 침입자에게 겁쟁이 취급을 받을 생각은 없다."

어둠 속에서 애꾸눈의 노인이 걸어 나왔다. 그 순간 경악에 찬 음성이 적시운의 뇌리를 강타했다.

[설마……!]

3

언제였던가.

서력(西曆)으로는 표기조차 하지 못할 과거의 어느 시점. 천마는 아미산(峨嵋山) 청운봉(青雲峰)에 서 있었다.

"……."

아미파가 자리 잡은 금정봉(金頂峰)과는 30리 거리였다. 마음만 먹으면 한달음에 당도할 수도 있을 터. 그러나 아직은 아니었다.

"아직은."

"조만간 때가 올 것입니다."

차분한 음성이 등 뒤에서 들려왔다. 천마는 뒤돌아보지 않은 채 말했다.

"쫓기는 사냥감처럼 중원을 떠나온 것도 벌써 이십 년이 지났군."

"그렇습니다."

"우리는 이제 사냥감이 아닌 사냥꾼이다. 더 이상은 놈들에게 쫓겨 다닐 필요가 없게 되었다."

"지당하신 말씀입니다."

천마는 몸을 돌렸다. 그보다도 족히 수십 년은 더 살았을 백발의 노인이 공손한 태도로 부복하고 있었다.

"본교의 규모도 놀랄 정도로 커졌어. 그렇지 않나, 순천자(順天子)?"

백발의 노인, 순천자가 쓴웃음을 머금었다. 그 미묘한 반응에 천마도 빙그레 웃었다.

"미안하군. 이 이름이 버릇처럼 입에 붙어버려서. 쓰지 말아야지 하면서도 자꾸 입 밖으로 내어버린단 말이야."

"이 늙은이는 괜찮습니다. 오히려 천마께오서 늙은 것의 과거를 기억해 주시는 것 같아 기쁠 따름입니다."

"미안하다."

천마는 다시 사과했다. 노인이 말하는 과거는 결코 행복하다고 할 수 없는 기억이었기에.

순천자라 불리는 도사가 있었다. 위계질서가 엄격한 화산파에서도 독보적인 재능을 발판 삼아 삽시간에 일대제자까지 치고 올라간 기재였다.

수년 후의 매화검수(梅花劍秀), 나아가 차기 문주의 자리까지 예약해 놓았다고 평가받던 그의 운명을 뒤바꾼 것은 인종이라는 이름의 족쇄였다.

남만인(南蠻人).

훗날 동남아시아라 불리게 되는 중국 남부의 특색. 오귀자에 가까운 가무잡잡한 피부와 부리부리한 눈매. 한족과 확연히 구분되는 그의 외관은 일대제자에 오르면서부터 본격적으로 입방아에 올랐다.

처음엔 순천자도 이를 무시했다. 설령 이민족이기에 차별받

는다 하더라도 상관은 없었다. 그는 욕심이 그득한 성격이 아니었고, 굳이 매화검수나 문주가 되지 않더라도 괜찮다고 생각했다.

하나 정적들의 생각은 그렇지 않았다. 수많은 모함과 음해가 순천자의 뒤를 따랐다. 다름은 곧 그 자체만으로도 적개심을 정당화했고 모든 시기와 질서의 근거가 되었다.

순천자는 인내하고 또 인내했다. 자신이 진심을 보인다면, 더불어 어떠한 권력에도 욕심이 없음을 보여준다면 저들도 이해해 주리라 생각했다.

순진한 생각이고 어리석은 생각이었다.

인내하는 모습은 훗날의 복수를 기약하는 태도로 비쳤다. 무욕적인 태도는 상대를 방심시키기 위한 교활한 책략으로 비쳤다.

무엇보다도 그 모든 반응이 정적들을 바싹 약 오르게 했다. 두들기고 두들겨도 참고 버티는 순천자의 반응은 그들의 독기를 더욱 부패시킬 따름이었다.

그리하여 마침내 사달이 벌어졌다. 순천자에게만 집중되던 모략과 음해가 그의 주변으로 퍼지고 만 것이다.

화산 북부의 화음(華陰)에 자리 잡은 조그만 판자촌. 월족과 묘족, 그 외 남만인들로 이루어진 천민촌이 하루아침에 불살라졌다.

주변 녹림도들의 습격이었다. 어린아이고 노인이고 할 것 없이 송두리째 불태워졌다. 녹림도들은 잔혹하게도 큼직한 헛간에 사람들을 모아놓은 채 빠져나오지 못하게 봉하고서 불을 질렀다.

주동자들은 금세 관병들에게 붙들려 참살당했다. 살해당한 이들 중엔 순천자의 혈족들도 속해 있었다.

불타 버린 시체 사이에서 누이에게 선물해 준 놋쇠 가락지를 발견한 순천자의 눈에선 핏물이 쏟아졌다. 복수심이 뇌리를 불살랐다.

아직 살아남은 자들이 있을지 모른다.

순천자는 녹림도의 흔적을 좇았다. 그리고 놈들의 수뇌부가 멀쩡히 남아 있으며 처벌당한 것은 끄나풀뿐이라는 것을 알아챘다.

피의 복수가 뒤를 이었다. 여산(驪山) 일대를 주름잡던 녹림채의 멸망은 반나절 만에 완료되었다.

하나 순천자는 결코 만족할 수 없었다. 죽어가는 녹림채주에게서 믿을 수 없는 얘기를 듣게 된 까닭이다.

"오랑캐들을 쓸어버리라고 사주해 놓고선 토사구팽하는 것이 화산의 방식이더냐."

하늘이 노래지고 대지가 들썩였다.

개소리 말라고, 바른대로 실토하라고 몰아붙이려 했으나 녹림채주는 이미 숨통이 끊긴 뒤였다.

순천자는 녹림채를 샅샅이 뒤졌다. 채주의 말이 거짓임을 증명할 물증이 나오기를 기도하며.

하나 그런 그를 맞이한 것은, 사형의 필적으로 작성된 서신들이었다.

그 천것에게 현실을 가르쳐 주어라.

현기증 속에서 아무것도 읽지 못하는 가운데 유일하게 뇌리에 파고든 문장이었다.

현실.

가족을 비롯한 동족들이 모조리 죽어버린 현실.

그것을 가르쳐 준 것은 다름 아닌 그의 문파. 마지막까지 가족이자 보금자리라고 여겨왔던 화산파였다.

도사 순천자는 그날 죽었다.

훗날 악살신마(惡殺神魔)라 불리게 되는 마인이 있었다. 마인

은 어느 날 돌연 화산으로 짓쳐 들어가 이름난 도사인 현원자를 참살하고서 달아났다.

근거 없는 이야기들이 뒤를 따랐으나 마인은 한동안 다시 나타나지 않았다. 그러다 십수 년이 지난 후에야 모습을 드러냈다. 천마의 오른팔이자 천마신교의 제일장로로서.

"본교의 무사는 상, 중, 하급을 통틀어 2천 명을 넘어섰습니다. 일반 교도의 숫자도 나날이 늘어 조만간 1만을 넘길 것으로 추정됩니다."

마교 장로 악살신마가 보고했다. 이제는 가벼운 발걸음이나 손짓에서조차 화산의 흔적을 찾을 수 없는, 자신이 아는 그 누구보다도 선량한 사내를 보며 천마는 씁쓸한 표정을 지었다.

"그들 대부분은 그대와 같은 이민족이지."

"그렇습니다."

"본좌는…… 나는 솔직히 잘 모르겠어. 내가 원하는 건 그저 내 개인의 복수뿐이야. 소수민족의 염원이라거나 한 같은 것은 잘 와닿지 않아."

"……."

"그럼에도 내가 그들의 운명을 책임진다는 게 과연 옳은 일인지 의문이군."

"그러한 고민을 하신다는 것만으로도."

악살신마가 말했다.

"천마께오선 우리의 주군 되실 자격을 갖추신 것입니다."

"백도무림을 멸한다고 하여 이민족에 대한 핍박이 사라지진 않는다."

"그렇더라도 최소한 경고쯤은 될 수 있을 것입니다. 강호 바깥의 위정자들, 그리고 한족 전체에게."

능선을 타고 오른 바람이 천마의 머리칼을 흔들었다.

"본좌는 언젠가 중원을 정벌할 것이다."

"예, 주군."

"그때 본좌의 곁에 있어줄 텐가?"

"그날이 언제가 되건 간에……."

악살신마는 맑은 눈빛으로 말했다.

"이 늙은이는 주군의 곁을 지킬 것입니다."

빛바랜 기억이 적시운의 뇌리를 흔들고 지나갔다.

홍수처럼 밀어닥치는 감정의 급류. 적시운은 미약한 현기증마저 느끼며 질끈 눈을 감았다.

[대체 어떻게……!]

천마는 경악하고 있었다, 동요하고 있었다, 그리고 감격하고 있었다.

다시는 만나지 못하리라 생각했던 인물과 재회했다는 사실 앞에서.

"신분을 밝혀라, 침입자여."

백발의 노인이 말했다. 이제는 하나밖에 남지 않았지만 천마가 기억하는 그 눈빛을 그대로 지닌 채.

적시운은 잠시 고민하다가 말했다.

"나는 천마의 후계자다."

노인 너머의 어둠 속에서 웅성거림이 느껴졌다. 노인의 하나뿐인 눈자위에 붉은 핏줄이 도드라졌다.

"너는 네가 내뱉은 말의 무게를 조금도 모른다, 침입자여."

"이게 진실인 걸 어쩌라고."

철컥. 철컥!

적시운인 피식 웃었다. 수십 개의 총구가 자신을 겨냥한다는 게 느껴졌다. 노인이 들어 올린 손이 내려가는 순간 모든 총구가 일시에 불을 뿜으리라는 것도.

"하지 않는 게 좋을걸. 천마를 위해서라도."

"무슨 뜻이지?"

"내게 총탄을 날리는 건 곧 천마에게 날리는 것과 마찬가지라는 의미지."

"감히 그런 불경한 말을……!"

"믿기 싫겠지만 사실인 걸 어쩌라고?"

노인의 하나뿐인 눈동자가 거세게 흔들렸다.

"네 말을…… 증명할 수 있는가?"

"그렇다, 악살신마."

노인이 눈에 이채가 스쳤다. 그러나 그리 길지는 않았다.

"노부의 이름쯤은 천무맹 놈들에게도 널리 알려져 있다. 고작 그 이름을 말하는 것만으로는 아무것도 증명할 수 없다."

"그럼 이건 어떨까."

잠시 뜸을 들인 적시운이 말했다.

"순천자."

"……!"

노인, 순천자, 악살신마의 눈동자가 거세게 흔들렸다. 조금 전과는 비교도 할 수 없을 만큼의 감정적 동요였다.

"어찌, 어떻게……?"

"설명하자면 좀 복잡한데."

"대답하라!"

"그러지, 뭐. 간단히 말하자면 천마가 가르쳐 줬어."

노인의 입술이 파르르 떨렸다.

"증명하라!"

"그러지, 뭐."

적시운은 단전의 내공을 끌어올렸다.

푸화아아악!

칠흑색의 수라강기가 적시운의 육체 위로 솟구쳤다. 검은 기운은 두 어깨를 타고 올라가 날개, 혹은 망토처럼 적시운을 감쌌다.

탕!

별안간 총성이 울렸다. 어둠 속의 시선이 한곳으로 쏠리는 가운데, 엉겁결에 방아쇠를 당긴 저격수가 총을 떨어뜨렸다.

"전원 병기를 치워라!"

노인이 소리쳤다. 무사와 소총수들이 허둥지둥 무기를 거두었다.

그런 가운데 노인의 애꾸눈에선 뜨거운 눈물이 흘러내리고 있었다.

"장로 악살신마를 비롯한 천마신교의 종복들이……."

노인이 털썩 무릎을 꿇었다. 기겁한 채로 그 모습을 바라보던 다른 이들도 황급히 적시운을 향해 부복했다.

"천하유일존이신 천마를 뵙나이다."

천마궁은 망원곡 내 깊숙한 곳에 존재했다.

지형적 위치로 말미암아 중원보다는 서장의 건축 양식에 가까운 형태를 지녔었으나 이제는 그것도 옛말.

건물은 대부분 현대식으로 증축 및 재건축되었고, 협곡 역시 대대적인 공사를 통해 건물의 일부가 되었다.

다만 그중에도 옛 양식을 고수하는 건물이 없지는 않았다. 천마궁의 심장이라 할 수 있는 수라전(修羅殿) 역시 그중 하나였다.

"……."

적시운은 미묘한 표정으로 서 있었다.

눈앞에 있는 것은 순금으로 만들어진 호화로운 옥좌. 멋지다는 생각보다도 앉으면 엉덩이가 불편하겠다는 생각이 먼저 들었다.

"앉으소서, 천마시여."

"난 천마가 아냐."

[아니긴 뭐가 아닌가?]

적시운이 퉁명스레 대꾸하니 천마가 쏘아붙였다. 그리고 순천자는 어리둥절한 표정을 지었다.

"하오나…… 분명 천마의 후계자이시라고……."

"그랬지. 근데 천마는 아냐. 나는 딱히 천마로 불리고픈 생각이 없어."

"그리 말씀하신다면, 알겠습니다. 하면 존칭은 뭐라 불러드려야 할지요?"

“적시운. 내 이름은 적시운이다.”

순천자의 눈빛이 돌연 이채를 띠었다.

“과연……!”

“나에 대해 알고 있나?”

“저희는 천무맹 내에 상당수의 첩자를 심어두었습니다. 덕분에 많지는 않더라도 상당량의 기밀을 알아낼 수 있었지요.”

“그중에 나도 포함되어 있었고?”

“그렇습니다. 물론 그 대부분은 믿기 힘든 이야기였지만, 이제는 아닙니다.”

순천자가 눈가에 고인 눈물을 닦아냈다.

적시운은 황금 옥좌에 걸터앉았다.

“묻고 싶은 게 한두 가지가 아닌데, 대답해 줄 수 있겠지?”

“물론입니다. 무엇이든 하문하소서.”

“좋아, 그렇다면…….”

4

적시운은 잠시 침묵했다. 묻고 싶은 게 너무 많아 생각을 정리할 시간이 필요했다. 그것은 천마도 마찬가지였다.

‘뭐 묻고 싶은 건 없어?’

[너무나 많네. 하지만…… 자네 말대로라면 여기 존재하는 순

천자는 본좌가 아는 그 순천자가 아니잖은가?]

'그래도 상당 부분 비슷할지도 모르잖아.'

[그렇지만…….]

그답지 않게 머뭇거리는 천마. 할 수 없이 적시운부터 궁금증을 풀기로 했다.

"내가 제대로 알고 있는 게 맞다면 당신은 수백 년 전의 인물이야. 그렇지?"

"그렇습니다, 주군."

"그럼 설명 좀 해줬으면 좋겠어. 어떻게 당신이 22세기인 지금까지 살아 있을 수 있는 건지."

"혹 격체신진술에 대해 알고 계신지요?"

의외의 타이밍에 튀어나온 익숙한 이름. 적시운이 모르려야 모를 수가 없는 이름이었다.

"필요한 만큼은 알고 있지."

"그렇다면 설명하기 쉬울 듯합니다. 저는 반백 년 가까이 격체신진술을 연구했고 제 사정에 맞게끔 개량시킬 수 있었습니다."

"잠깐. 결국 타인의 육체에 당신의 혼을 주입했다는 거잖아."

"그렇습니다."

"그런데 어떻게 천마가 기억하는 외형을 가지고 있을 수 있지? 당신과 꼭 닮은 사람만 택할 수도 없었을 텐데."

"그 점에 대해 설명드리려 했습니다. 사실 제가 개량한 격체신진술조차 완벽하진 않았습니다. 육체를 갈아타는 과정에서 소실되는 기억과 능력이 많았지요."

하나뿐인 순천자의 눈에 우울한 빛이 떠올랐다.

"네 번째쯤 갈아탔을 때는 누이의 얼굴조차 떠오르지 않더군요. 평생 잊지 않겠노라 다짐했는데 말입니다."

"……."

"격체신진술이 반복될수록 잃게 되는 기억의 양도 많아졌습니다. 때문에 다른 수단을 강구할 필요가 생겼지요. 이대로 가다간 그다음, 혹은 다음다음에라도 제 자신을 잃게 될 것만 같았으니까요."

"그래서 다른 방법을 찾아냈다는 건가?"

"그렇습니다."

순천자가 한쪽 눈을 가린 안대를 풀었다. 안구가 있어야 할 곳엔 붉은빛을 투사하는 기계장치가 박혀 있었다.

"안드로이드(Android)?"

"그렇습니다."

순천자가 다시 안대로 눈을 가렸다.

"미국과의 군비 경쟁에서 밀리고 중국에까지 치이게 된 러시아 정부는 상황을 타개할 방안을 찾기 시작합니다. 그중 하나가 이 안드로이드 개발 계획이었지요."

국토의 대부분이 혹한의 동토. 인구가 밀집된 일부 지역을 제외하면 러시아의 영토는 인간이 살 만한 환경이 아니었다.

세계 최대의 영토를 지녔음에도 이를 활용할 방안이 마땅찮은 상황. 더군다나 때마침 21세기를 강타한 셰일 혁명으로 인해 러시아 경제를 지탱하던 천연가스 사업이 치명타를 맞았다.

이를 기점으로 러시아 정부는 비밀리에 인조인간 개발 사업을 시작했다. 다만 초기에는 기계식 의수와 같은 산업 보조용 사업의 특색이 강했다. AI, 혹은 인간의 의식을 이식하는 방법 등은 러시아의 기술력으로 도무지 꿈꿀 수 없는 영역이었던 까닭이다.

"그 와중에 범지구적 대격변이 벌어졌습니다."

"마수들이 나타난 것 말이군."

순천자는 고개를 끄덕였다.

"가장 큰 타격을 입은 걸로 알려진 국가는 물론 미국입니다만, 러시아가 입은 타격 역시 결코 작지 않았습니다."

"정부 기관이 사실상 붕괴됐던 걸로 기억하는데. 일본이 그런 것처럼."

"예, 구 소비에트 연방이 해체된 이래 가장 거대한 타격이었지요."

"정부 붕괴 과정에서 기밀들이 유출된 건가? 안드로이드에 대한 정보도 그중 하나고?"

"그렇습니다."

한 호흡을 쉰 순천자가 말을 이었다.

"저는 선택을 했습니다. 유출된 기밀 자료를 기반으로 안드로이드를 만들어 제 뇌를 이식했지요. 육체 노화를 최소화하기 위한 방편이었습니다."

"그랬군."

"아마 다음번부터는 금술이 아닌 데이터 전송의 방식을 택해야 할 것입니다. 하지만 이제 새로운 천마께서 나타나셨으니……."

"난 천마가 아니라니까."

"이 늙은이가 제대로 이해한 게 맞다면 천마의 후계자임을 자처하시지만 천마로 불리기는 원하시지 않는 게 맞는지요?"

"그래."

"하지만 귀하께서 저희를 찾아오신 것은 저희의 힘을 필요로 하시기 때문이라 사료됩니다만."

"그건…… 그렇지."

"그렇다면 귀하께선 저희 천마신교 전체를 지배하게 되실 것입니다. 하오니 여쭙겠습니다. 천마신교라는 이름과 저희 신도들의 명칭 또한 모조리 변경하길 바라십니까?"

"그 정도까진 아냐."

"하면 저희는 여전히 천마신교로 불리게 될 것입니다. 그리고 귀하께선 그 종주이시니……."

논리적으로 따지면 천마로 불려야 함이 마땅하다. 순천자는 바로 그 점을 지적한 것이었다.

"나도 내 말이 모순적이라는 건 알아. 다만……."

적시운은 쓴웃음을 지었다.

"천마니 유일존이니 불리는 게 좀 어색해서 그래. 게다가 천마는 따로 있기도 하고."

"예?"

"그러니까……."

적시운은 자신의 이야기를 순천자에게 들려주었다. 다른 이들에게 들려줄 때와는 달리, 차원 이동에 대한 이야기까지 숨김없이 털어놓았다. 짧은 대화만으로도 그가 지닌 지식의 깊이를 가늠할 수 있었기 때문이다.

과연 순천자는 허무맹랑하다며 일축하거나 이상하다는 눈으로 바라보거나 하지 않았다. 그저 생각 가득한 얼굴을 끄덕일 따름이었다.

"과연…… 쉽게 벌어질 일이라 생각되진 않지만 불가능하다고 단정 지을 수도 없는 얘기로군요."

"내 머릿속에 깃든 천마와 당신이 알고 있는 천마는 별개의 인물이야. 하지만 들어온 얘기나 정황을 보건대 상당 부분 흡사한 면이 있는 것 같아."

"주군께서 다녀오신 곳이 거울 차원이라면 충분히 가능합니다."

"거울 차원?"

"수많은 다원 우주 중에서도 극히 미세한 차이만을 지닌 차원들을 뜻합니다. 두 세계 사이의 차이가 거의 없는 경우라 할 수 있습니다."

"하긴, 천마와 당신의 얘기를 조합해 보면 그런 것 같기도 해."

"한데 주군, 그 말씀대로라면 지금 천마께서도……."

"이 대화를 고스란히 듣고 있어."

순천자의 눈동자에 동요의 빛이 스몄다. 그는 무언가를 열망하는 눈으로 적시운을 바라봤다. 그의 소원이 무엇인지는 생각할 것도 없어 보였다.

"원한다면 대면하게 해줄 수도 있어."

"저, 정말입니까?"

적시운은 고개를 끄덕였다. 일전에도 한 차례 그랬듯, 자아를 무의식 속으로 가라앉히고 천마의 의식을 전면에 내세우면 그만이었다.

천마는 조용히 숨을 죽이고 있었다.

적시운이 보기엔 약간의 두려움을 느끼고 있는 것도 같았다.

'어때. 옛 수하와 회포를 풀어보겠어?'

한동안 침묵하던 천마가 물었다.

[자네, 괜찮겠는가?]

'뭐가?'

[본좌가 만약 자네의 몸을 빼앗으려 한다면…….]

'그럴 수 있었다면, 그리고 그러길 원했다면 진작 오래전에 했겠지. 안 그래?'

[으음.]

'당신이 더 이상 복수귀인 천마가 아닌 것처럼, 나도 예전의 내가 아냐. 지금의 나는 당신을 신뢰해. 내 몸속에 깃든 파트너로서.'

[…….]

'저기, 지금 울고 있는 건 아니지?'

[마, 말도 안 되는 소리를.]

헛기침을 한 천마의 목소리가 진중해졌다.

[반나절이면 충분할 걸세. 그때까지 한숨 자고 오게.]

'한나절 푹 쉴 테니까 회포 제대로 풀어.'

적시운은 자아를 깊이 가라앉혔다. 의식 뒤편에서 둘의 대화를 들을까도 생각했지만 관두었다. 지금만큼은 그러지 않는 게 좋을 것 같았다.

-천무맹주 백진율이 회담을 청해왔소.

돌연 대한민국 작전 본부로 날아든 메시지. 발신자는 루손섬 군병력의 통수권자이자 필리핀 참모총장이기도 한 호넬 산토스 장군이었다.

"천무맹주가 말입니까?"

-그렇소. 화친을 원한다고 하더군. 단 한 명의 호위자도 대동하지 않고서 찾아오겠노라고 통보해 왔소.

권창수는 침묵 속에서 미간을 구겼다. 이럴 땐 대체 무엇을 조언해야 할까.

'끝까지 싸워달라고 응원이라도 해야 할까?'

권창수는 고개를 저었다. 아무리 생각해도 너무 속 보이는 짓이었다. 그렇다고 항복을 종용할 수도 없었다. 때문에 다소 뻔한 질문을 건넬 수밖에 없었다.

"지원군을 원하십니까, 장군?"

-듣자 하니 중국군의 대다수가 한반도를 향해 출정했다고 들었소만.

"비록 소수이긴 해도 지원 병력을 차출할 정도의 여유는 있습니다."

-우리의 생각이 어떤지는 묻지 않는 거요?

"……그들과 화친하실 겁니까?"

-세부섬과 마닐라가 습격당했소. 다수의 시민이 살해당했으며 200여 발의 지대지 미사일이 막탄섬으로 쏟아졌지. 마닐라는 초토화되었고 대통령이 죽었소.

권창수는 마른침을 삼켰다. 그나마 200발의 미사일도 적시운 일행에 격추당했기에 망정이지, 그러지 않았다면 마닐라 이상의 피해가 났을 것이었다.

-중국인들은 일방적으로 우리를 학살했소. 그리고 그건 별로 신기한 일도 아니지. 놈들은 22세기에도, 그 이전에도 그래왔으니까.

남중국해의 영토 분쟁. 기원을 따지자면 원나라 시기까지 거슬러 올라가야 할 분쟁은 동남아시아의 근대사에 빼놓을 수 없는 쟁점이었다. 그리고 그 정황 속에서 중국은 언제나 도화선이자 화약고의 역할을 해왔다.

-설령 공포 때문에 화친을 하게 되더라도 우리 앞에 남을 것은 다시 시작되는 강대국의 핍박뿐일 것이오.

"호넬 장군."

-그렇기에 우리는 싸울 거요. 죽어간 이들, 그리고 후손들에게 부끄럽지 않기 위해.

"……."

-부디 권 의원과 대한민국도 그래 주길 바라오.

권창수는 깊게 심호흡을 했다. 그러지 않고서 입을 열었다간 갈라진 목소리가 나올 것만 같았다.

"반드시 그럴 것입니다."

-고맙소. 하고 싶은 말은 이게 전부요.

통신이 끝났다. 권창수는 집무실 벽에 붙은 대한민국 전도를 뚫어져라 노려봤다. 대동강과 진도 근방에 붉은 핀셋이 꽂혀 있었다.

"저들은 이미 우리나라를 침범했다."

백진율의 추가 명령이 없기에 움직이지 않을 뿐. 하나 명령이 떨어지고 침공이 시작되는 것은 시간문제일 터였다.

"화친이라고?"

빌어먹을 놈이었다. 일방적으로 두들겨 놓고서는 그만 싸우자니, 세상에 그런 개자식이 어디 있단 말인가?

때린 쪽이 용서해 주겠다며 손을 내민다. 백진율의 태도는 본인의 의사야 어떻든 간에 그렇게 비칠 수밖에 없었다.

"어지간한 선민의식이 아니고선 그럴 수가 없죠."

살기가 실린 싸늘한 목소리. 권창수는 고개를 돌려 먼저 온 손님을 바라봤다.

"제 생각도 그렇습니다, 차수정 님."

"편하게 대하세요. 그보다, 보고드릴 것이 있어요."

"무엇입니까?"

"헨리에타 테일러를 비롯한 119명이 조금 전에 부산국제공항에 착륙했어요."

"119명이라면……?"

"세부에 남아 있던 주작전 무사들, 그리고 그 혈육들이에요. 전부는 아니지만 상당수를 무사히 구출한 모양이에요."

"다행이군요."

안도의 한숨을 내쉰 권창수는 차수정의 얼굴에 담겨 있는 근심을 알아챘다.

"적시운 님은 같이 오시지 않은 겁니까?"

"……네."

5

동백섬에 세워진 카멜리아 타워.

헨리에타 일행은 임성욱의 초청을 받아 그 최상층에 자리했다. 적당히 구워진 쇠고기와 싱싱한 채소가 그득한 상이 차려졌다. 심지어 전복과 같은 해산물까지 있는 것을 보며 일행의 눈이 휘둥그레졌다.

"화학적 변형이 일절 가해지지 않은 천연 식품입니다. 마음껏 드시길."

"헤, 그렇게 말한다면야."

어설프게 젓가락을 쥔 밀리아가 허겁지겁 고기를 집어 먹었다. 다른 일행들도 눈치 보지 않고서 식사를 시작했다.

"정말 고생하셨습니다."

임성욱의 말에 헨리에타가 쓴웃음을 지었다.

"딱히 한 일도 없는걸요."

"비록 소규모 시가전이었다고는 하지만 여러분은 천무맹과 중국군을 꺾었습니다. 그 성과는 결코 작은 게 아닙니다."

"정작 그 주역은 이 자리에 없지만요."

"적시운 님의 활약이 컸다고 하여 여러분의 역할이 축소될 필요는 없을 겁니다. 자부심을 가지셔도 좋습니다."

"딱히 시무룩해서 한 말은 아니었어요. 어쨌든 그 말은 감사해요."

식사는 더 이상의 대화 없이 진행되었다. 한나절 넘게 난기류와 악전고투하며 비행해 온 탓에 다들 주리고 피곤한 상태였다.

"이부자리를 준비해 뒀습니다. 식사를 마치신 분은 안내를 받아 침실로 가시면 됩니다."

"그러면 사양 않고."

가장 먼저 배를 채운 밀리아가 자리에서 일어났다. 다들 피곤했던 탓인지 식사를 마치는 대로 말없이 일어섰다.

"적시운에 대해선 묻지 않나요?"

마지막까지 자리에 남은 헨리에타가 물었다. 임성욱은 대뜸 쓴웃음을 지었다.

"아마도 세부에서 헤어졌을 거라 생각됩니다만."

"맞아요."

"그리고 자세한 설명은 남기지 않았겠지요."

"그것도…… 맞아요."

"그럴 것 같았습니다. 그래서 딱히 질문하지 않은 거고요."

"그렇군요. 어쨌든…… 저희는 당분간 이곳에 남아 부산과 동백 연합을 지원하겠어요."

"그래 주신다면 더없이 든든할 겁니다."

이튿날 아침.

임성욱이 수뇌부 회의를 소집했다. 동백 연합의 길드장들 및 헨리에타와 그렉, 심자홍이 참석했다.

"황해를 건너 상륙한 중국군은 여전히 진도군 외곽에 진을 치고 있습니다. 병력 규모는 대략 2만. 그중 절반이 기갑 보병이며 이능력자와 무사의 숫자도 천 단위에 달합니다."

"기계화 보병이 아니라요?"

"그렇습니다, 소피 길드장님. 장갑차 타고 다니는 기계화 보병 얘기가 아닙니다. 저들은 거의 1만 명에 달하는 기간틱 아머 병사를 보유하고 있습니다."

"……."

무거운 침묵이 회의장을 감쌌다. 물량 앞엔 장사 없다고, 저 정도의 기갑 전력 앞에선 부산이 자랑하는 동백 연합도 주춤할 수밖에 없었다.

"다행히 대부분의 아머는 구형으로 추정됩니다. 실제로 무인 드론의 정찰 기록도 이 추측을 뒷받침하고 있습니다."

임성욱의 설명에 길드장들의 표정이 조금은 나아졌다. 그래봐야 똥 씹은 표정에서 떫은 표정으로 변한 정도였지만.

"저들이 본격적으로 움직이기 시작하면 부산까지는 한나절 거리입니다. 물론 아무런 방해도 받지 않았을 시의 얘기이긴 합니다만."

"방해해야겠네요. 무슨 수를 써서라도."

"예, 이 회의는 그 수단을 강구하기 위한 자리입니다."

임성욱이 좌중을 스윽 훑었다.

"그러니 의견이 있다면 종류를 불문하고 기탄없이 말씀해 주시기 바랍니다."

그의 부탁대로 갖가지 의견이 쏟아져 나왔다. 헨리에타가 보기에 그중 상당수는 코웃음 치고 넘어갈 법한 얘기였지만 임성욱과 다른 길드장들은 의외로 진지하게 경청하고 토의했다.

"그러니까 갈매기에 폭탄을 매달아서 날리면……."

"걔네가 우리 쪽으로 날아들면 어쩔 건데요?"

"거, 김 길드장 말에 진지하게 대응하지 마시라니깐."

"남해에는 섬이 많으니 그걸 이용해 보죠?"

"그럽시다. 기갑병들을 개펄로 유인하는 거요. 개흙 땅에 무릎까지만 잠겨도 기간틱 아머 대부분이 꿈쩍도 못 할 것이오."

"어떻게 유인할 건데요?"

"그러니까…… 먹잇감이나 뭐 그런 걸로."

"우리 지금 마수랑 싸우는 게 아니거든요?"

"떼놈들이 좋아할 만한 뭔가가 있지 않겠소?"

"동전이라도 길에 뿌려놓을까요? 걔들 돈에 환장한다던데."

"……."

헨리에타는 바보가 된 기분으로 길드장들을 바라봤다. 전쟁을 앞두고도 저런 이야기를 태평히 나눌 수 있다는 게 어떤 면에선 존경스럽기까지 했다.

"좀 우습지요?"

옆에 앉은 임성욱의 질문. 헨리에타는 표정을 관리했다.

"아뇨. 그냥, 그러니까……."

"우스꽝스러워하셔도 됩니다. 저희도 그걸 알고서 대화를 나누는 거거든요."

"의도적으로 말인가요?"

"예, 전투 직전의 긴장감을 누그러뜨리기 위해서 말이죠."

"아."

그제야 알 것 같다는 표정을 하는 헨리에타. 빙긋 웃은 임성욱이 내처 말했다.

"게다가 이런 뻘소리를 하다 보면 가끔은 괜찮은 아이디어가 얻어걸리기도 하거든요."

"저기요, 의장님! 말씀하시는 거 다 들리거든요? 남은 죽어라 머리통 쥐어짜 내는데 뻘소리라뇨?"

"죄송합니다, 소피 길드장."

"거 뻘소리가 맞기는 맞지 뭘. 하여간 우리 소피 길드장께선 여간 깐깐한 게 아니야."

"친한 척 말 걸지 말아주실래요, 김계진 길드장님?"

"그럼 어디, 손님이신 헨리에타 길드장의 의견을 들어보는 게 어떻겠소?"

"무시하지도 말았으면 하는데요, 김계진 길드장님."

중년의 길드장 김계진이 껄껄 웃었다.

"그러고 보니 길드장은 아니시지. 어쨌든 고견을 듣고 싶구려."

"……."

헨리에타는 소피 로난의 눈치를 살폈다. 그녀는 잔뜩 화가 난 얼굴이었지만 더 입을 열지는 않았다.

"제 생각엔, 앞서 어느 분이 말씀하신 것처럼 지형을 이용하는 게 좋은 것 같아요."

"음."

과묵한 외모의 길드장이 고개를 끄덕였다. 앞서 남해로 유인하자는 의견을 낸 길드장이었다.

"유인 방식은…… 역시 돈이나 먹을 걸로는 안 되겠죠."

"추천할 만한 유인책이라도 있습니까?"

임성욱의 질문. 그를 비롯한 길드장들의 눈빛이 이상하리만치 진지했기에 헨리에타도 열성적으로 머리를 굴려야만 했다.

"현재 중국군 수뇌부는 천무맹에 장악당한 것으로 보여요. 그렇다면 그 점을 이용할 수 있을 거예요?"

"예컨대……?"

헨리에타는 임성욱을 지그시 바라봤다.

"헨리에타 양?"

"적시운에게서 들었어요. 임 의원장님께서 한국 고유의 무술을 계승하셨다고요."

"그렇긴 합니다만……."

말끝을 흐린 임성욱이 이내 알았다는 표정을 짓고서 헨리에타를 바라봤다. 그 시선에 헨리에타가 미안한 미소를 지었다.

"어떤 의견이라도 기탄없이 말씀하라고 하셔서. 화나셨다면 죄송해요."

"물론 그랬지요. 화가 나거나 한 건 아닙니다. 오히려 감사하기까지 한 걸요."

"저희도 좀 알아들을 수 있게 말씀해 주시죠, 의원장님?"

"그러지요."

임성욱이 태연한 얼굴로 길드장들을 돌아봤다.

"헨리에타 양은 저더러 미끼 역할을 해달라고 말씀하신 겁니다."

적시운은 깊은 수면 아래를 유영하고 있었다.

무의식의 바다. 어둠뿐인 그곳은 두려우면서도 포근했다. 천마에게 의식의 주도권을 내주고서 찾아온 장소.

이곳이야말로 오로지 자신만이 존재하는 고독의 요새였다.

의식을 내준 것은 천마로 하여금 회포를 풀라는 뜻이었다. 하지만 그것만이 이유의 전부는 아니었다. 적시운 본인에게도 생각을 정리할 시간이 필요했던 것이다.

'집으로 돌아가기만 한다면 모두 끝날 거라 생각했는데.'

집으로 돌아간다.

북미 대륙에 떨어진 이래 적시운의 유일한 목적이자 최우선 목표였다. 하지만 삶이란 그리 녹록한 게 아니어서 집으로 돌아왔다고 하여 모든 게 마무리될 수는 없었다.

'마수들, 천무맹, 백진율, 그리고…….'

북미 제국.

처음엔 그저 운이 없어서 북미 대륙에 뚝 떨어진 줄로만 알았다. 하지만 지금에 와서는 보이지 않는 운명의 인도가 있었던 게 아닐까 싶었다. 분명한 것은 다시 그곳으로 돌아가야 할 것 같다는 점이었다.

-최초로 차원의 문을 연 것이, 22세기의 미합중국 국방성이었다.

백진율의 음성이 어둠 속에 울렸다. 그 말이 사실이라면 마수들을 처리하기 위한 열쇠도 북미 제국에 있을 가능성이 높았다.

'그전에 백진율과 결판부터 내야겠지만.'

이제 와 화친한다는 것은 불가능했다. 그러기엔 너무 먼 길을 와버렸다. 아마 백진율도 이성적으로는 그 사실을 인정하고 있을 터였다. 그런데도 나름대로 수습하려 하고 있다는 점이 위선적인 동시에 안쓰럽게도 느껴졌다.

'하지만 결국은 현실의 벽을 깨닫겠지.'

마치 자신이 그러했던 것처럼. 그렇기에 적시운은 싸움을 대비해야 했다. 살아남기 위해, 그리고 자신이 돌아가고자 했던 곳을 지키기 위해.

'지금 이 정도만으로는 불충분해.'

짧은 공방만을 나누었을 뿐이지만 백진율은 결코 만만한 상대가 아니었다. 무려 2개의 대재앙급 마수 코어를 흡수한 적시운임에도 그 정도까지 따라잡는 것이 최선이었다.

지금 이대로는 최선의 경우라 해봐야 동귀어진일 터. 적시운이 환골탈태까지 겪었음을 감안하면 백진율은 진정 괴물이었다. 보다 강해질 필요가 있었다.

'천마가 돌아오면 상의해 봐야겠어.'

마음속으로 중얼거리며 적시운은 주변이 따스해짐을 느꼈다. 다시 수면 위로 돌아갈 시간이었다.

깨어나자마자 느낀 것은 부드러운 촉감이었다. 그것은 부드럽고도 따스했다.

의식의 깊은 바다 속에서 마지막에 느꼈던 온기는 아마 그것으로부터 나온 것이었으리라.

"으음."

그것이 나직한 신음을 흘렸다. 동시에 적시운은 망치에 한 대 맞은 것처럼 경직됐다.

'천마.'

얼굴을 덮은 이불을 넘기지 않은 채 마음속으로 중얼거렸다. 평소와 마찬가지로 여유로운 대꾸가 돌아왔다.

[정말로 고마웠네. 자네 덕분에 긴 세월 동안 묵은 회포를 제대로 풀 수 있었네.]

'회포만 푼 게 아닌 모양인데.'

[음, 미안하네. 하지만 결국 이건 자네 몸이니 다음에라도 자네가 원한다면 언제든지…….]

'됐어. 내가 말을 말지.'

적시운은 한숨을 내쉬고서 얼굴을 가린 이불을 치웠다. 그의 움직임에 맞춰 왼편에 매달린 그것이 부드럽게 뒤척였다.

"……."

금발의 미녀였다. 동유럽 슬라브계의 전형적인 외형. 피부는 희며 곱고 머리칼은 탄력 있게 곱실거렸다.

뒤늦게 어젯밤의 기억이 흘러들어 왔다. 아마도 천마와 순천자가 나눴을 대화들.

덕분에 그녀에 대한 정보도 떠올릴 수 있었다.

"천마신교는 이민족들의 연합체였으며 그 사실은 지금도 동일합니다. 다만 민족 구성에 많은 변화가 있었지요. 과거의 본교가 서장인과 남만인 중심이었다면, 지금은 서아시아와 동유럽 계통의 민족들이 큰 축을 이루고 있지요."

중동 및 러시아, 중앙아시아와 인도에 이르기까지 천마신교는 수많은 인종을 흡수하여 변화하고 진화했다.

그녀 역시 그 변화의 상징이라 할 수 있었다. 이름이 아마도…….

"엘레노아."

여인이 눈을 떴다. 사파이어 빛 눈동자에 적시운의 얼굴이 비쳤다.

"예, 천마시여."

"……앞으로는 그렇게 부르지 마."

6

엘레노아 안드레스. 27세. 천마신교 호법당 소속. 선조는 우크라이나인으로, 22세기에 벌어진 크림반도 전쟁 당시 피난길에 올랐다. 중동과 서아시아를 방랑하다가 천마신교에 귀의했으며 엄밀히 따지면 그녀는 우크라이나계 중국인이었다.

그 외의 자잘한 정보가 머릿속으로 흘러들어 왔다. 어젯밤에 나눈 대화에서 파생된 기억이었다. 전부라고는 할 수 없지만 일부분이 마치 자신이 한 행동처럼 떠올랐다. 대화를 나눈 장소는 이곳이었고.

'빌어먹을 늙은이가.'

천마는 어디로 숨어버렸는지 일언반구 대답이 없었다.

적시운이 미간을 잔뜩 일그러뜨리자 엘레노아의 눈에 불안감이 깃들었다.

"제가 뭔가 잘못한 거라도 있는지요?"

"없어."

일단은 그렇게 대꾸했다. 내뱉고 보니 퉁명스러운 어조인지라 그녀의 얼굴이 한층 어두워졌다.

"잠깐 몇 가지만 좀 물어도 될까?"

"얼마든지 하문하소서."

이불을 치운 엘레노아가 침대 위에 무릎을 꿇었다. 금발 벽안의 서양 여성이 그런 자세를 취하니 묘한 이질감이 밀려왔다.

"편하게 앉지."

"예."

대답을 하면서도 자세를 바꾸지는 않았다.

"편하게 앉으라니까. 명령이다."

"네, 주군이시여."

"그렇게도 부르지도 말고. 그냥 이름이 편하다."

"네, 적시운 님."

엘레노아의 자세가 조금 편해졌다. 그러고 나니 또 다른 문제가 생겼다.

"……몸부터 좀 가려."

적시운이 이불을 건넸다. 반투명한 극세사 이불인지라 별 차이는 없었지만 없는 것보단 나았다. 이불을 받아 든 엘레노아가 시무룩한 표정을 지었다.

"잘못한 게 있다면 시정하겠습니다."

"그런 거 아니라니까."

적시운은 작게 한숨을 쉬었다.

"왜 네가 잘못했을 거라 생각하지?"

"천…… 적시운 님께서 화가 나신 것 같아서 그렇습니다."

약간이지만 화가 나긴 했다. 그 대상이 그녀는 아니었지만.

"화나지 않았어, 최소한 네게는."

엘레노아의 표정이 조금 밝아졌다. 표정이 밝아지니 새삼 대단한 미인이라는 게 실감 났다.

"계속 묻지. 내 기억이 제대로 됐다면 너는 호법당 소속이야. 맞나?"

"네, 그렇습니다. 호법당 서융전(西戎殿) 소속 특급 무사이자 암살 요원입니다."

더 많은 질문을 만들어내는 대답.

궁금한 게 한둘이 아니었지만 일단 가장 거슬리는 부분부터 지적하기로 했다.

"서융이라고?"

"그렇습니다."

'서융'이란 곧 '서쪽 오랑캐'라는 뜻.

동이나 북적, 남만처럼 한족들이 사용하는 별칭이었다. 한데 그것을 이름으로 삼았다니 이상할 수밖에 없었다.

"천무맹은 중화에 어긋나는 것들을 업신여기고 경멸하지요. 그렇기에 역설적으로 그 이름을 사용하자는 게 대장로의 생각이었습니다."

대장로는 곧 순천자를 말하는 것이었다.

"우리에 대한 경멸과 오만, 그 모든 게 집약된 단어를 내세움으로써 복수의 효과를 극대화하겠다는 게 대장로의 생각입니다."

"인종별로 소속 집단을 나눠놓은 건가?"

"그렇습니다. 아무래도 언어와 문화적 차이가 있기에…… 그래도 각 부서 간의 불화는 없습니다. 우리는 모두 같은 천마신교 소속이니까요."

"서융전은 서아시아와 동유럽 계통이겠군."

"네."

"이해했어. 그리고 너는 거기에 소속된 특급 무사라는 건가?"

"그렇습니다, 적시운 님."

"게다가 암살 요원이기도 하고."

"그렇습니다, 적시운 님."

"특급이라면 분명 최고 수준이란 뜻일 테니…… 어지간한 훈련을 이수한 건 아니겠군."

"미흡한 능력으로 최선을 다했습니다."

다소곳하게 대답하는 엘레노아.

확실히 그녀의 말은 겸손이었다. 적시운이 대강 살펴본 것만으로도 육체의 단련도와 내공의 정순함은 결코 얕잡아 볼 수준이 아니었다. 못해도 차수정이나 그렉을 가벼이 압도하는 경지. 물론 그 두 사람이 무공을 익힌 지 1년도 채 안 됐음은 감안해야 했다.

"한마디로 너는 천마신교의 최고위 무사라는 거군."

"부끄럽습니다."

엘레노아가 얼굴을 살짝 붉혔다. 반면 적시운은 왠지 모르게 착잡해졌다.

"그런 고급 인력을 이런 일에나 쓰다니."

[그렇게 생각하지 말게나.]

'당신은 입 다물고 있어.'

[알겠네.]

슬쩍 고개를 내밀었던 천마가 그대로 내뺐다.

적시운이 마음속으로만 한숨을 쉬려니 엘레노아의 표정이 다시 어두워졌다.

"제가 뭔가 잘못……."

"안 했어, 안 했다니까. 너는 아무것도 잘못하지 않았어. 그저 좀 머릿속이 복잡해서 그래."

"네……."

엘레노아가 풀 죽은 얼굴로 고개를 숙였다. 괜히 적시운이 미안해지는 광경이었다.

"좀 혼란스럽지? 내 말이나 태도가 어제와 달라서."

"아, 아닙니다."

"표정은 그렇다고 하고 있는데, 뭘."

엘레노아의 얼굴이 한층 붉어졌다.

"죄송……."

"사과하지 마. 명령이다."

"네, 적시운 님."

"그러고 보니 우리말이 유창한데, 한국어는 따로 배운 건가?"

"어려서부터 사용해 왔습니다. 모계가 한국계여서요. 그래서 적시운 님께서 간택하셨고요."

"내가?"

"네."

[정확히는 본좌가 했지. 다 자네를 생각해서…….]

'입 다무셔.'

[흥, 속으로는 좋으면서.]

'…….'

엘레노아가 미세하게 고개를 갸웃거렸다. 확실히 어젯밤의 적시운과 이질감이 큰 모양이었다.

"내가 가끔 오락가락해. 아마 다시는 이럴 일이 없을 테지만."

"네……."

"어쨌든 어제 내가 뭔가 실수한 게 있다면 너그럽게 넘어가 주길 바란다."

"아, 아뇨. 실수 같은 것은 전혀 하지 않으셨습니다. 오히려…… 눈물이 날 만큼 다정하게 대해주셨는걸요."

적시운은 떫은 감 씹은 표정이 되었다. 어디서 어떻게 다정하게 대해줬는지 스멀스멀 기억이 떠올랐기 때문이다.

[부러우면 자네도…….]

적시운은 천마를 무의식 깊은 곳에다 처박아버렸다. 그러고 나니 지끈거리는 머릿속이 조금은 나아지는 듯했다.

"내가 다시 이 짓을 하면 성을 갈지."

"네?"

"아무것도 아냐. 어쨌든…… 일단은 대가리들하고 얘기를 좀 더 해봐야겠어."

현시대의 천마신교에 대해서 파악해 둘 필요가 있었다. 그들이 전력을 비축해 왔다면 천무맹과의 전쟁에 있어 가장 중요한 전력이 될 것이었으니.

엘레노아가 푸른 눈동자를 깜빡였다.

"대장로를 호출할까요?"

"아냐, 어제 이미 만나봤으니 다른 사람들을 만나보는 게 좋겠어. 호법당 소속이라고 했지?"

"그렇습니다."

"그러면 당주도 있겠군. 그자를 좀 보고 싶은데."

엘레노아의 눈에 희미한 장난기가 감돌았다.

"네, 불러오겠습니다."

대답을 한 그녀가 앉은 자세 그대로 말똥말똥 적시운을 바라봤다.

적시운은 얘가 갑자기 왜 이러나 싶어 멍해졌다.

"어……."

"정말 어제 일이 잘 기억나지 않으시나 보군요?"

정확하게는 기억을 떠올리길 거부하고 있다는 편이 맞았다.

하지만 적시운은 설명하기 귀찮았기에 대강 고개를 끄덕였다.

엘레노아가 부드럽게 웃었다.

"어제부로 제가 호법당주에 임명되었습니다."

"……그거 설마."

적시운은 흘러나오려는 한숨을 애써 참았다.

"내가 임명한 건 아니겠지?"

"적시운 님께서 임명하셨습니다."

적시운은 천마를 머릿속에서 끄집어내어 두들기고 싶어졌다.

천마신교는 여러모로 적시운의 예상과 다른 모습이었다.

우선은 규모.

천무맹과 같은 무지막지한 스케일을 기대한 건 아니었지만 천마신교의 인원 구성은 적시운의 생각보다도 적었다.

하기야 장장 수백 년을 핍박받으며 쫓겨 다녔을 텐데 제대로 된 규모를 유지한다는 것은 불가능할 터. 그렇기에 실망스러울 것도 없었다. 오히려 이들이 지금까지 살아남았다는 것을 기적이라 봐야 할 것이었다.

또 다른 특이점은 그 성향.

민중의 지성이 발달하지 못했던 과거에는 주로 신앙을 구심점 삼아 공동체를 유지해야 했다.

번갯불이 왜 떨어지는지 설명할 길이 없으니 신이 분노했다는 이야기를 덧붙여야 했던 시대. 그렇기에 신앙은 강력한 무기가 될 수 있었다. 천마신교 역시 중국 내의 민간신앙을 흡수하며 교리에 살을 덧대는 식이었고.

지금은 달랐다. 비록 천마신교란 이름을 유지하고는 있으나 교리를 비롯한 종교적 요소는 사실상 배제된 뒤였다. 사라진 천마가 언젠가는 살아 돌아오리라는 식의 믿음만이 가까스로 남아 있는 수준.

다만 순천자의 안배 때문인지 천마에 대한 믿음만큼은 가히 광신적이었다. 다만 천마에 대한 믿음을 배제한다면 천마신교는 종교보다는 무공을 익힌 게릴라 집단에 가까웠다.

"하긴 처음 봤을 때에도 총 든 저격수가 제법 많았지."

"적시운 님께서 천마라는 사실을 몰랐기에 저지른 잘못입니다."

"너도 그 자리에 있었나?"

"네."

엘레노아가 진심으로 죄송하다는 표정을 했다.

"어리석게도 적시운 님을 향해 총구를 겨누었습니다. 부디 용서해 주시길."

"됐어. 용서하고 자시고 할 문제도 아니니까. 그나저나 호법당주 건은 괜찮은 건가?"

"어떤 점에서 말씀이신지요?"

"원래 당주는 내 한마디에 졸지에 잘린 거잖아. 너는 뜬금없이 낙하산 인사가 된 거고. 아무 문제도 없겠어?"

"아, 그 점은 염려하지 않으셔도 됩니다. 아버지께서도 기뻐하실 거예요."

"아버지라니?"

엘레노아가 방긋 웃었다.

"전대 호법당주가 제 아버지입니다."

"……."

마지막 특이점이 바로 이것이었다. 문자 그대로 가족적인 분위기.

천마궁은 외부와 단절된 소규모 공동체였다. 지형적, 태생적 특징을 배제하고 보면 결국 시골 마을에 가깝다고 할 수 있었다.

그렇다 보니 다들 한 다리 건너 아는 사이에 형제자매나 다름없는 관계였다. 직속상관이 동네 아저씨고 동료 무사가 옆집 아주머니인 식이랄까.

특무부 시절의 조직적 공동체 생활에 익숙한 적시운으로는 생경할 수밖에 없었다.

"원하신다면 전대 호법당주를 호출하겠습니다. 사실 저보다는 아버지께서 아는 점이 더 많을 거예요."

"아니, 부르지 마."

적시운이 황급히 말했다. 나신의 딸내미와 침대에 앉아 있는 남자를 본 아버지의 기분이 어떨지 생각하니 끔찍했다.

엘레노아가 의아한 표정을 지었지만 왜 그러느냐고 묻지는 않았다.

"적시운 님께서 그렇게 말씀하신다면, 알겠습니다."

"그래……."

적시운이 여러모로 무거운 한숨을 뱉었다.

"그런데 너는 의심하지 않는 거야? 내가 정말 천마의 후계자인지 말이야."

"말씀드렸다시피 저는 그 자리에 있었습니다. 적시운 님께서 칠흑색의 강기를 피워내시는 모습을 직접 두 눈으로 봤지요."

"하지만 그게 진짜 천마신공인지는 모르지 않나? 그저 비슷하게만 보이는 다른 무공인지도 모르는데."

"그렇기는 하지만…… 대장로께서도 확인해 주셨으니 맞다고 생각합니다."

"너희에게 있어 천마는 뭐지?"

엘레노아의 표정이 돌연 진지해졌다.

"우리를 인도하여 천무맹의 천하를 끝맺으실 분입니다. 중화의 족쇄에서 세상을 해방하실 분이십니다."

"내가 정말 그럴 수 있을 것 같아?"

엘레노아는 표정의 변화 없이 말했다.

"네."

7

필리핀.

마닐라의 남동쪽엔 서울보다 거대한 면적을 지닌 베이 호수(Laguna de Bay)가 존재한다.

그 정중앙에 탈림섬이 있었다. 이곳이 바로 필리핀의 참모총장이자 현 제일 통수권자인 호넬 산토스 장군이 선택한 회담 장소였다.

광활한 호수가 내려다보이는 전망대 위. 호넬 장군은 홀로 테이블 앞에 앉은 채 커피를 홀짝이고 있었다.

호위 병력은 전망대 아래쪽에 배치되어 있었다. 공중 또한 철저히 방비하겠다는 듯 곳곳에 전투형 무인 드론이 순회 중이었다.

물론 이 정도를 가지고 충분하다고 할 수는 없을 터였다. 상대방은 문자 그대로 초인. 저 거대한 중국을 홀로 좌지우지할 수 있는 인물이었기에.

그렇기 때문인지 찻잔을 든 손은 가늘게 떨리고 있었다. 다만 그 떨림의 원인은 공포 하나만이 결코 아니었다.

"그대에게 경의를 표하겠소."

목소리는 갑작스럽게 들려왔다. 호넬 장군은 두 눈을 지그시 감았다. 그리고 마음속으로 다섯까지 센 다음 천천히 떴다.

백진율이 앞에 앉아 있었다. 마치 처음부터 그곳에 있었다는 듯.

"회담 요청을 받아준 것에 대해서 말이오?"

"그렇소. 더불어 홀로 나와 마주하기로 결심한 용기에 대해서도 경의를 표하오."

왠지 비꼬는 것처럼 들렸기에 호넬 장군은 쓴웃음을 지었다.

"저 아래에 병력을 쫙 깔아놓은 게 보이지 않으시나 보군. 그게 아니면 알면서도 비아냥대는 것이거나."

"그렇지 않소. 저 정도의 병력은 호위라고도 할 수 없으니까."

"저들은 우리군 최정예요."

"그럴 테지."

일순 말문이 막힌 장군이었으나 어렵잖게 백진율의 말을 이해했다.

"결국 당신에게 있어선 저들쯤은 있으나 없으나 매한가지라는 말이로군."

"부정하진 않겠소."

"다행이구려. 부정했다면 역겨움에 토악질이 나왔을 테니."

백진율의 눈에 이채가 스쳤다. 하나 분노나 살의와 같은 감정은 아니었다. 그저 순수한 감탄과 놀라움일 따름이었다.

"대단한 기개로군. 하긴 그대들은 오래전 과거에도 대국을 상대로 꺾이지 않고 맞서려 들고는 했지."

"비굴한 노예로 살아가느니 떳떳한 자유민으로 죽을 뿐. 이는 비단 나 혼자만의 생각이 아니라는 걸 알기 바라오."

"그러지."

백진율이 앞에 놓인 찻잔에 손을 가져갔다. 일말의 주저도 없이 차를 마시는 그를 보며 호넬 장군의 눈매가 꿈틀댔다.

"좋은 차로구려, 장군."

"독을 넣었을 가능성조차 의심하지 않나 보군."

"의심하는 것은 불필요한 지성의 낭비이기 때문이오."

"어차피 독 따위는 통하지 않을 테니 말이오?"

"그렇기도 하거니와 귀하쯤 되는 인물이 치졸하게 독살을 시도하려 들 거라고는 생각하지 않소."

호넬 장군은 솔직하게 인정해야 했다. 눈앞의 상대방은 대범하기 짝이 없는, 소위 말하는 대인의 풍모를 지닌 인물이었다. 하지만 그렇기에 더욱 역겨운 것이기도 했다. 백진율이 보이는 대인의 풍모란 결국 윗사람인 자신이 아랫사람을 넓은 아량으로 이해해 주겠노라는 식이었기에.

"우리에게 화친을 청하고자 한다고 들었소만."

"그렇소, 장군."

"스스로 생각해 봐도 어처구니가 없지 않소? 일방적으로 두드려 맞은 것은 우리인데, 마치 당신네가 이해해 주겠다는 식으로 나오니 말이오."

"그렇게 보였다면 사과하리다. 필리핀 시민들이 겪은 고통에 대해서도 십분 공감하오."

"십분 공감한다고 하셨소?"

노골적인 냉소가 장군의 얼굴에 피어났다. 긴장감에 억눌려 있던 분노가 표면 위로 떠오르니 몸의 떨림도 삽시간에 멎었다.

"우리나라의 대통령이 살해당했소. 암살이라고도 할 수조차 없는 노골적인 테러 공작에! 당신네는 그걸로 만족하지 않고서 격납고에 보관 중이던 지대지 미사일 200발을 모조리 날려 보냈소. 우리의 또 다른 영토인 세부를 향하여!"

"그 일에 대해선 변명하지 않겠소."

"그럴 수밖에 없을 거요! 변명거리조차 생각나지 않은 미친 짓거리였으니까!"

"어떻게 하면 만족하시겠소?"

"만족? 이게 만족해서 해결될 문제라고 보시오. 아니, 그 전에…… 만족할 수나 있으리라 생각하시오?"

백진율은 차분한 눈으로 호넬 장군을 바라봤다. 형용하긴 어렵지만 위에서부터 시선이 내리꽂히는 느낌. 뚝심 있게 밀고 나가려던 호넬 장군의 기세가 순간적으로 꺾였다.

"적합한 조건과 진실한 사과가 뒷받침된다면."

백진율은 차분한 어조로 말했다.

"불가능한 일은 아니라고 보오."

"……."

"싸움을 이어감으로써 보다 많은 희생자를 내는 것이 장군의 바람은 아닐 거라 생각하오만."

"이미 아시아 전역을 상대로 선전포고를 해놓고서는 이제 와서 딴소리를 하겠단 말이오?"

"천무맹은 한반도를 정벌할 것이오."

백진율이 단호히 말했다.

"그러나 그 이상으로 불씨가 번지는 것을 원하지는 않소. 장군께서 군사를 물리고 나머지 섬의 통수권자들도 설득한다면 필리핀을 영원한 혈맹으로 대우해 줄 것이오."

"……."

"필리핀이 받은 손해 또한 책임지고 배상해 주겠소. 만약 원한다면 이번에 생긴 희생자와 같은 수의 민간인을 내줄 수도 있소."

호넬 장군은 순간 귀를 의심했다.

"지금…… 뭐라고 하셨소?"

"음? 아."

백진율이 별다른 표정 변화 없는 얼굴로 말했다.

"오해하지는 마시오. 내주겠다는 것은 천민과 범죄자로 구성된 이들이니. 그들을 노예로 내주겠으니 장군께선 원하시는 대로 처분하면 될 것이오."

"……."

"그편이 가장 무난한 해결책이라고 생각하오만."

호넬 장군은 몇 차례 입술을 달싹였다. 그러나 바로 입을 열지는 못하고 한참을 주저했다. 결국 1분가량이 흐른 뒤에야 겨우 입을 열 수 있었다.

"……하나만 묻겠소."

"물어보시오."

"조금 전 천민이란 표현을 사용했는데, 그들에 대해 좀 더 구체적으로 설명할 수 있겠소?"

내내 차분하던 백진율의 이마에 처음으로 골이 파였다. 마치 괜히 말을 꺼냈다고 후회하는 것처럼 보였다.

"이민족으로 구성된 이들 중 본맹의 기치에 노골적인 반감을 표한 자들이오."

"대강 누구인지 알 것 같군. 그들은 혹시 반정부 기사와 칼럼을 신던 독립 언론의 기자와 같은 이들 아니오?"

"……그런 이도 더러 포함되어 있다고 들었소."

"한족이 아닌 이민족들을 천민이라 생각하고 계신다는 거군. 자기네 이념에 반대하는 이들 역시 천하다고 여기는 거고."

"필리핀도 그런 취급을 받을까 걱정인 거라면 염려 마시오. 이번 화친에 응해준다면 필리핀은 형제의 국가로 대우받게 될 것이오."

호넬 장군은 말문이 막혔다. 대응할 말이 없어서가 아니라 그저 어처구니가 없기 때문이다.

"그런 말을 낯빛 하나 변하지 않고서 할 수 있다니. 어떤 면에선 참으로 존경스럽구려."

"형제의 국가라 했는데, 물론 당신네가 형이고 우리는 아우일 테지?"

"그렇소."

흔들림 없는 태도로 대꾸하는 백진율. 이는 농담이 아닌 진심으로 그렇게 생각한다는 의미였다.

"그렇게까지 하실 필요도 없소."

호넬 장군이 돌연 무언가를 결심한 듯 말했다.

"두 사람의 머리만 내준다면 노예도 사죄도 받지 않고서 화친하겠소."

백진율의 표정이 미묘하게 굳었다.

"그 두 사람이란……?"

"당신과 무백. 두 인간 백정의 목!"

호넬 장군은 애써 억누르던 경멸감을 해방시켰다.

"그 스승에 그 제자라고밖엔 할 말이 없군. 당신도 알맹이는 무백 그 늙은이와 다를 바가 없는 작자였어."

"호넬 산토스 장군."

"너희는 언제나 그런 식이지. 자기네야말로 세상의 중심이며 나머지는 그 발끝에도 미치지 못하는 오랑캐. 마수들이 세계를 유린하는 이런 시대에도 어찌 그런 사상을 지닐 수 있는지 무서울 따름이다."

"천무맹이 아니었으면 아시아는 마수들에게 유린당했을 것이오. 우리가 있었기에, 중국이 있었기에 당신들은……."

"개소리 집어치워! 그 보호의 대가가 무고한 이들의 희생과 죽음이라면 차라리 보호 따윈 받지 않고 마수들과 싸우다 죽겠다."

"……."

"한마디만 더 하자면 말이오, 천무맹주. 당신이야말로 저 마수들보다도 훨씬 역겨우며 구역질 나는 괴물이외다."

백진율의 눈빛이 싸늘하게 식었다.

얼음으로 빚어낸 칼날이 심장을 도려내는 듯한 느낌에 호넬 장군은 이를 악물었다.

"대체 왜 그러는 거요?"

백진율이 이해할 수 없다는 얼굴로 물었다.

"나를 도발해 봤자 이득이 없다는 것쯤은 누구보다도 스스로가 잘 알고 있을 텐데?"

"……."

"내가 마음만 먹는다면 귀하의 목을 뜯어내는 것쯤은 일도 아니오. 이곳의 호위 병력 또한 모두 죽음을 피하지 못할 테지. 그런데도 기어코 나의 분노를 사야 하겠소?"

'조금만, 조금만 더!'

약간이라도 더 시간을 끌 필요가 있었다. 스스로에게 그렇게 되뇌며 호넬 장군은 머릿속을 정리했다.

"마닐라 쪽으로 보낸 병력 때문이오?"

백진율이 돌연 정중앙을 찌르고 들어왔다. 단번에 속내를 간파당한 호넬 장군은 지그시 입술을 깨물었다.

"귀하가 시간을 끌고자 한다는 것쯤은 알 수 있소. 나를 이곳에 묶어놓은 동안 마닐라를 공격하려는 계획일 테지."

"……."

"사실 이곳에 오기 전에 이동 중인 병력과 마주치기도 했소."

"……!"

"결과만 말해주자면 쓸데없는 짓을 했소, 장군. 내가 화친을 청하고자 한 것은 불필요한 살생을 피하기 위함이지, 당신네를 상대할 여력이 없기 때문이 결코 아니오."

백진율의 눈빛이 차갑게 식었다.

"내가 마음을 정하는 순간 당신의 인생이 파멸할 것이오, 장군. 당신이 정을 주고 알고 지낸 모든 이가 천무의 이름 아래 소멸할 것이오.

"네놈, 백진율……!"

"이곳에 도착하기 전에 이미 노사에게 명령을 해뒀소이다. 필리핀군을 요격하라고."

"처음부터 이럴 생각이었구나!"

"그렇지는 않소. 굳이 따지자면 중간에 떠올린 계획이니."

"네놈!"

온몸으로 분노의 열기를 내뿜는 호넬 장군. 반면 백진율은 해심 깊은 곳을 떠다니는 얼음장처럼 냉정했다.

"마지막으로 묻겠소이다. 천무맹 앞에 무릎을 꿇을 것이오, 아니면 개죽음을 당할 것이오?"

철컥!

장군은 대답 대신 피스톨을 뽑아 들었다. 그러나 바로 다음 순간, 권총을 쥔 그의 손은 팔로부터 잘려 나가 허공에 궤적을 그렸다.

"끄아아악!"

시뻘건 피의 궤적이 장군복을 적셨다. 호넬 장군의 비명을 들은 호위 병력이 전망대로 몰려들었다.

"안타깝고도 답답한 일이로군."

백진율은 진심 어린 한숨을 내쉬었다. 어쩔 수 없다고 생각하려 해도 못내 안타까운 것은 어쩔 수 없었다.

"열등한 자들은 결국 영원히 열등할 수밖에 없는가."

"크아아!"

호넬 장군이 잘려 나간 오른손을 왼손으로 쥐었다. 이윽고 손아귀에 들린 피스톨을 백진율을 향해 겨누었다.

백진율이 픽 웃었다.

"한 발의 탄환으로 반신(半神)을 살해한다. 인생과 운명과 영혼까지 건다면 가능할지도 모르겠군."

"으아아아!"

호넬 장군이 방아쇠를 당겼다. 백진율의 신형이 허공을 갈랐다. 총성이 하늘 위로 울려 퍼졌다.

8

"……!"

적시운의 시선이 남동쪽으로 향했다. 그의 어깨를 주무르던 엘레노아가 놀라서 움찔했다.

"왜 그러시나요, 적시운 님?"

"……아니, 아무것도 아냐."

적시운으로선 그렇게 대답할 수밖에 없었다. 정말로 말로 표현하기 애매했기 때문이다.

극히 희미한 기운. 피부를 저릿하게 하는 미묘한 느낌이 조금 전 짤막하게 느껴졌었다.

다만 그게 무엇인지 파악하는 것은 불가능했다. 긍정적인 징조라고 보기 애매하다고만 느껴질 따름. 지금 고민해 봐야 답을 얻기는 어려울 터였다. 그래서 적시운은 현실에 집중하기로 했다.

"천마신교의 총전력은 어떻게 되지?"

"총인원은 3천 명이며 그중 전투에 투입 가능한 인원은 천여 명입니다."

부복해 있던 순천자가 답했다.

"천 명 전부가 무공을 익힌 건가?"

"마보를 비롯한 기초 수련은 3천 명 전원이 익혔습니다. 다만 그중 연령대와 병력(病歷), 무공 수위와 단련도 등을 고려했을 시의 전투 요원이 천 명이란 의미입니다."

"그러니까…… 전장에 바로 투입해도 괜찮겠다 싶은 인원이 천 명이란 건가?"

"그렇습니다. 보다 정확히 말씀드리자면, 천무맹 중급 무사와 일대일로 붙어도 능히 압도할 수 있는 인원이 천 명이라 보시면 될 것입니다."

"그렇다면 결코 적은 병력이라 볼 수 없겠네."

적시운은 진심 어린 표정으로 말했다. 무공만 봤을 때 천무맹 하급 무사와 붙어 이길 인원이 한반도를 통틀어 100명이 될까 말까 하다는 걸 감안하면 정말 대단한 전력이었다.

"각 인원은 현대 병기의 사용법 역시 숙달하고 있습니다. 적시운 님께서도 직접 겪어보셨겠습니다만."

"그랬지."

망원곡에 처음 들어섰을 때 여실히 느꼈다. 이곳에 최상급 저격수가 족히 두 자릿수는 된다는 것을.

"사격술 같은 것에도 무공을 접목시킨 건가?"

"예, 본교에는 여러 토착 종교와 방파를 통해 전파된 무공들이 여럿인 바, 제 나름대로 체계를 갖추어 현대 병기에 맞게끔 응용했습니다."

"수백 년에 걸쳐서 말이군."

"그렇습니다."

적시운은 경이를 느끼며 고개를 끄덕였다.

이곳 천마궁에 남아 있는 이들은 순천자라는 한 사내가 고혈로써 이루어 낸 집념의 결실이었다.

"그들 전원이, 적시운 님의 명령 한마디에 거리낌 없이 임전(臨戰)할 것입니다."

"……나한테 부담 주려고 그러는 거지?"

순천자는 빙긋 웃기만 했다. 적시운은 방 안을 가만히 돌아보고서 말했다.

"당신들은 괜찮은 거야?"

"대장로께서 그리 결심하셨다면 저희가 반대할 이유는 없습니다."

"대장로의 마음이 곧 저희의 마음이랍니다."

밀교의 장로라기보다는 아늑한 시골의 할머니, 할아버지라고 봐야 할 노인들. 그런 어르신들이 푸근한 미소를 지으며 대답했다.

대장로인 순천자 휘하의 원로원이라 했다. 찻잔을 들고 있거나 고양이를 무릎 위에 얹고서 쓰다듬고 있는 모습은 마교의 장로라고는 도저히 생각하기 어려운 모습이었다.

적시운이 푸념조로 중얼거렸다.

"복수를 꿈꾸는 전투 집단이라고는 도저히 생각하지 못할 모습이잖아."

"저들이 못 미더우실 수도 있겠습니다만 실력을 본다면 능히 만족하실 수 있을 겁니다."

"그런 뜻이 아냐."

"하오면……?"

"평화롭게 잘살고 있는 당신들한테 내가 괜히 전란의 불씨를 가져온 것 같아서 찝찝해."

순천자는 부드럽게 웃었다. 마치 친손자를 보는 듯한 따스한 눈길에 적시운은 괜스레 어색해졌다.

"역시 그분의 말씀이 옳았군요."

"그분이라니?"

"천마님 말씀입니다. 어젯밤 술잔을 따르시며 적시운 님에 대하여 많은 이야기를 해주셨지요."

"……괜히 불안해지는데."

"어찌하여 그렇게 생각하십니까?"

"아니, 그냥……."

적당히 얼버무리는 동시에 적시운은 내면을 향해 말했다.

'또 무슨 이상한 소리를 떠들어 댄 거야?'

[후후후.]

미묘하게 웃기만 하는 천마. 적시운이 미간을 구기는 가운데 순천자가 말했다.

"요즘 보기 드문 신실한 청년이라더군요. 본인의 대업을 맡기기에 부족함이 없다고 하셨습니다."

"……."

"왜 그러십니까, 적시운 님?"

"아, 아니. 아무것도 아냐."

적시운이 혼란스러운 표정을 애써 갈무리했다. 대놓고 좋은 말로 포장해 주니 어째 적응이 되질 않았다.

"그리고 전란의 불씨에 대하여 말씀을 드리자면……."

순천자의 눈빛이 돌연 날카로워졌다.

"제가 이날까지 웅비의 때를 기다리며 본교를 지탱해 온 것은 오로지 하나, 천무맹에 대한 복수를 위해서입니다."

"……."

"일견 저들의 모습이 평화롭고 행복해 보일 수는 있으나 그것은 모진 삶을 이어가기 위한 방편에 지나지 않습니다. 본교의 구성원치고 아픈 과거를 지니지 않은 이는 없지요."

적시운은 고개를 살짝 돌렸다. 곁에 앉아 있던 엘레노아와 눈이 마주치니 그녀가 고개를 끄덕였다.

순천자의 시선도 그녀를 훑었다.

"그 아이만 해도 천무맹의 사냥개에 의해 언니를 잃었습니다. 그리 오래 지나지 않은 이야기지요."

"……정말이야?"

적시운의 물음에 엘레노아가 우울한 미소를 지었다.

"언니는 본교의 자금 확보를 위해 파견된 마수 사냥꾼이었어요. 섬서성에 기반을 두고 마수 사냥을 해왔었죠. 맹의 암살자들이 나타나기 전까지……."

"천무맹과 중국 정부의 소수민족 말살 정책은 날이 갈수록 강도가 심해지고 있습니다. 과거에는 고립주의의 한계선을 넘어설 정도는 아니었으나, 마수들이 휩쓸고 지나간 지금은 노골적으로 소수민족을 학살하고 있습니다."

순천자의 목소리엔 숨기기 힘든 분노가 섞여 있었다.

"이렇게 오랜 시간이 지났음에도…… 저들은 여전히 과거의 태도를 고수하고 있는 겁니다."

"……."

"그렇기에 저는 오히려 적시운 님께 감사를 느끼고 있습니다. 그저 저희뿐이었다면 변변한 반격조차 하지 못하고 이곳에 웅크린 채로 서서히 사멸해 갔을 겁니다."

"천마님이란 것과는 별개로, 젊은 형제자매들 중엔 적시운 님을 선망하는 사람이 많아요."

엘레노아가 넌지시 속삭였다.

"나를?"

"네, 한국에서 찍힌 영상 같은 건 조회수가 수천만 단위에 이르는걸요."

"그래?"

적시운은 머쓱함에 시선을 돌렸다. 아마도 한국 정부가 전복되던 당시에 찍힌 영상이 아닌가 싶었다.

순천자가 다시 입을 열었다.

"대장로 휘하 3천 인은 언제라도 움직일 준비가 되어 있습니다. 필요로 하는 건 그저 하나뿐. 천마의 후계자께서 내리시는 명령입니다."

"그렇다면……."

적시운은 잠시 생각하다가 말을 이었다.

"나도 약속하겠다. 너희에게 무의미한 희생을 강요하지 않겠다고. 그리고 싸우게 된 이상 승리를 맛보게 해주겠다고."

"감개무량하기 짝이 없는 말씀……."

순천자는 당장에라도 울 것 같은 표정이었다. 육체를 안드로이드로 바꿨기에 눈물을 흘릴 수는 없었지만 적시운은 그가 감격하고 있다는 걸 충분히 알 수 있었다.

"정말 잘됐어요, 대장로님."

엘레노아가 훌쩍이며 말했다. 눈물은 기본이고 콧물까지 흘리는 그 모습에 순천자가 쓴웃음을 지었다.

"녀석, 그렇게 좋단 말이냐?"

"하지만…… 대장로님은 이날만을 위해 살아오신 거잖아요."

"그랬지. 솔직하게는 좀 지쳐 있던 것도 사실이다만…… 다행히 하늘이 이 늙은 것을 가엾게 여기신 모양이구나."

"정말, 흑. 다행이에요."

순천자가 슬며시 눈짓을 했다. 적시운이 엘레노아의 머리를 쓰다듬으니 그녀가 얼굴을 기대왔다.

"창피한 모습을 보여드렸군요. 그 아이나, 저나."

"아니, 오히려 마음이 놓이는걸."

"그러하십니까?"

"응, 사실 좀 전까지는 어느 정도 찝찝한 마음이었거든. 신도들, 특히나 젊은 층 애들이 일종의 세뇌를 당해서 교리를 따르는 게 아닐까 싶어서."

"옛 중동의 극단주의 테러 집단처럼 말씀입니까?"

"그래, 종교에 대한 광신만큼 무서운 게 없잖아?"

순천자가 담담히 고개를 끄덕였다.

"한때는 그런 방식을 사용할까 고민했던 적도 사실입니다. 하지만 그래서는 본교의 순수성을 유지할 수 없을 것 같더군요. 무엇보다도 아해들을 그저 죽이는 것만 목적으로 하는 살인 기계로 만들고 싶진 않았습니다."

"그랬군. 어째 이 안에 든 망령보다는 당신이 더 천마 자리에 어울리는 것 같아."

적시운이 관자놀이를 손가락으로 톡톡 두드렸다. 기다렸다는 듯 안쪽으로부터 볼멘소리가 울렸다.

[흥, 순천자의 생각이 곧 본좌의 생각이란 걸 모르는군.]

'어련하시겠어.'

가볍게 핀잔을 준 적시운이 순천자를 돌아봤다.

"알고 있겠지만 천무맹은 아시아 전역을 상대로 선전포고를 했어. 아마 당장은 한국 땅만 노리겠지만 그 목표가 대륙 전체로 퍼지는 건 시간문제일 거야."

"그러잖아도 저희 또한 싸울 태세를 갖추고 있었습니다. 조금만 늦으셨다면 놈들의 배후를 치는 저희를 보실 수 있었을지도 모릅니다."

"나와 우리나라를 도와주겠다는 뜻으로 받아들여도 되겠지?"

"여부가 있겠습니까? 그러기 위하여 힘을 길러온 천마신교입니다. 뜻대로 다루소서."

"뜻대로 다루소서."

순천자와 장로들이 부복을 하며 말했다.

"좋아, 그러면 우선……."

호넬 산토스 장군이 탈림섬으로 향하자마자 루손섬의 필리핀 전군이 움직이기 시작했다. 목적지는 마닐라, 목표는 그곳을 무단 점령 중인 천무맹과 중국군을 일망타진하는 것이었다.

"놈들을 쓸어내지 않는 한은 퇴각도 없을 것이다."

"대통령 각하와 죽어간 이들의 원한을 우리 손으로 갚으리라!"

다수인 데다 공격해 들어가는 입장임에도 지휘관들은 심리적 배수진을 쳤다. 상대가 지닌 전력이 어느 정도인지 알고 있는 까닭이었다.

당장 총사령관인 호넬 장군부터가 죽음을 각오하고 백진율을 끌어낸 것. 그런 만큼 남아 있는 장병들로선 그 희생을 헛되이 할 수가 없었다.

하지만…….

쿠구구궁!

잇따른 폭발에 전차들이 뒤집혔다. 필사적으로 돌격해 가던 기간틱 아머는 정수리로부터 내리꽂히는 강격에 반토막이 났다.

그 위를 짓밟으며 웃음을 터뜨리는 것은 맨몸의 인간. 양 손아귀엔 어딘가에서 뜯어낸 기계 팔이 들려 있었다.

"하등하며 가련한 것들아, 가치 있는 삶을 살지 못하였으니 가치 있는 죽음이나마 누리도록 하라."

한시를 읊듯이 선언하는 자. 그는 바로 최후의 팔부신중 세 사람 중의 한 명인 간다르바였다.

그 뒤를 따라 직속 타격대인 건달병(乾達兵)들이 노도처럼 몰아쳤다. 필리핀군이 선봉으로 택한 기간틱 아머 부대가 고작 피육으로 이루어진 인간들에게 찢겨 나가는 상황. 지켜보는 지휘관들의 사기가 삽시간에 꺾여 버리는 광경이었다.

"저런 괴물 놈들!"

"육박전으로는 불리하오. 화력을 퍼부어 지원합시다."

"그럼 포병 부대에 연락을……!"

콰과과광!

배후의 자주포 부대에서 돌연 폭염이 솟구쳤다. 창궁검왕 남궁혁이 이끄는 백호전 병력의 기습이었다.

"크! 이렇게나 빨리?"

지휘관들은 당혹감 속에서 이를 악물었다.

"아무래도…… 놈들 또한 우리와 같은 생각을 했던 모양이오."

제48장
사형제(師兄弟)

1

“크크큭. 네놈들의 천박한 수작 따위, 모를 줄 알았더냐?”

지휘함 약사여래의 함교.

무백노사는 모니터를 바라보며 차갑게 웃었다.

마닐라 동부의 지형이 그려진 지도 위에선 두 종류의 광점이 반짝이고 있었다. 어지러이 퍼져 있는 붉은 광점들을 푸른 광점들이 집어삼킬 기세로 몰아치는 중.

어떤 색이 천무맹인지는 생각할 것도 없었다.

“지금쯤이면 맹주께서도 회담을 마무리하셨을 테지.”

백진율이 가능한 평화롭게 끝맺겠노라고 말하긴 했지만 무백노사는 믿지 않았다. 백진율의 말을 믿지 않은 것이 아니라 평화롭게 끝나는 일 따윈 결코 없으리라 생각한 것이다.

"놈들은 위대한 자가 보여주는 자비심을 받아들일 만한 지성을 지니지 못했으니 말이지."

그리고 결과는 노사의 예상대로 되었다. 백진율이 자리를 비우자마자 필리핀군은 진격을 시작했다. 그 이후부터는 그들의 뜻대로 되지 않았지만 말이다.

무백노사는 만약을 대비해 본토에 있던 간다르바를 호출했다. 거기에 부산에 남아 있던 백호전 병력들까지 불러들였다.

그 생각은 유효했다. 간다르바가 이끄는 건달병, 남궁혁이 이끄는 백호전은 어렵잖게 저들의 핵심 부대를 분쇄시켜 놓았다.

"그리고 이젠 끝이 보이는 시점이로구먼."

무백노사의 미소가 짙어졌다. 반나절도 채 되지 않아 전투는 빠른 속도로 기울어지는 중이었다.

-여기는 백호전. 필리핀군의 자주포 부대를 섬멸했습니다.

"수고했네, 창궁검왕."

웃으며 대꾸하는 무백노사. 반면 남궁혁의 음성은 그리 밝지만은 않았다.

-건달병을 투입하실 필요까진 없었다고 봅니다만.

"물론 자네의 백호전만으로도 결착을 내기에 부족함은 없었을 걸세. 다만 보다 빠른 종전을 위해 간다르바를 불렀네. 자존심이 상했겠지만 양해해 주게나."

-자존심 때문에 이리 말하는 게 아닙니다. 간다르바의 성정 때문이지요.

"그런가?"

의뭉스럽게 반문하는 무백노사. 그는 남궁혁이 뭘 말하고자 하는지 이미 알고 있었다.

금빛 날개를 지니고 준마의 하반신을 지닌 반인반수. 인도 신화 속의 신수 간다르바는 지고의 향기를 풍기며 아름다움을 추구하는 반신으로 그려진다.

반면 천무맹의 간다르바는 팔부신중 중에서도 가장 원형과 거리가 먼 존재였다. 심향(尋香)이라고까지 불릴 만큼 향과 미를 좇는 것이 원래의 간다르바라면, 천무맹의 간다르바는 항시 몸에서 진득한 혈향을 풍겼다.

-언제나 필요 이상의 파괴를 추구하고 마음 내키는 대로 포학을 자행하는 자. 간다르바는 이번에도 학살을 저지를 거요.

"자네의 말이 물론 옳기는 하네. 하지만."

무백노사는 짐짓 어쩔 수 없다는 어조로 말했다.

"지금은 천무맹의 힘을 세상에 보여줄 때일세. 게다가 12강의 연패로 인해 떨어진 사기를 수복해야 할 시점이고."

-맹주께서 돌아오신 것만으로도 사기진작에는 충분하다고

봅니다만.

“물론 그렇지. 하지만 가능한 확실히 해두고자 하는 게 늙은 이의 마음이라네. 무엇보다도 이미 돌이키기엔 늦지 않았는가?”

-…….

“너무 심각하게 생각하지 말게. 간다르바도 적당한 선에서 임무를 마무리할 걸세.”

-알겠습니다. 다만 그가 선을 넘는다고 판단될 시엔 제가 직접 나설 것입니다.

“창궁검왕.”

-천무맹은 무분별한 파괴와 학살만을 자행하는 집단이 아닙니다. 그렇지 않습니까?

무백노사는 흘러나오려는 한숨을 애써 참았다.

“물론 자네 말이 맞네. 자네 뜻대로 하게나.”

-감사합니다. 그럼.

통신이 끝났다. 무백노사의 얼굴에선 어느새 웃음기가 거짓말처럼 사라진 뒤였다.

“무재가 뛰어나긴 하나 신심이 물렁하단 말이지. 뭐, 어쩔 수 없는가.”

우월한 자는 다소간의 모난 점도 허용이 된다. 더군다나 그것이 한족의 진혈(眞血)을 물려받은 인물이라면.

남궁혁은 남궁가의 직계 적손이었다. 그런 그가 실력까지 갖추었으니 무백노사를 다소간 거스르는 것쯤은 얼마든지 이해할 수 있었다.

그것이 바로 무백노사가 생각하는 강호의 법도였다. 오랜 세월 그가 지켜온 절대적 가치관이기도 했다.

"열등한 오랑캐들에게 자비를 베풀면 놈들은 칼날과 배반으로써 되갚을 것이다."

수백 년 전 천마신교가 그랬던 것처럼.

두 번 다시는 놈들에게 당하지 않으리라.

무백노사는 그렇게 결심했고 남들이 상상조차 하지 못할 긴 세월을 버텨왔다.

"너는 틀렸다. 오래전에 그랬던 것처럼."

무백노사는 고개를 들어 먼 방향을 응시했다.

"지금도 헛된 복수심으로 명줄을 연장하고 있는가?"

죽는 날까지도 돌아오지 않을 대답. 허공을 바라보는 무백노사의 눈에 언뜻 아련함이 떠올랐다.

"순천자…… 나의 사제여."

현원자라 불리는 도사가 있었다. 섬서성 명문가의 핏줄을

타고난 그는 일찍이 화산파에 입문, 빼어난 자질을 보이며 승승장구했다.

예약된 매화검수. 모든 이가 그의 무재와 빼어난 인품을 칭송했다. 화산파의 기백 년 역사상 최고의 장문인이 나오리라는 이야기도 심심찮게 나올 정도였다. 그놈이 나타나기 전까지는.

비천하기 짝이 없는 놈이었다. 시커먼 얼굴엔 때 구정물이 질질 흘렀고 영양실조로 온몸은 앙상한 가운데 배만 불렀다. 내버려 두면 얼마 못 가 죽을 것이 뻔한 천인의 아이. 길바닥에 제 어미와 함께 비루하게 엎어져 있던 놈이었다.

그놈의 눈. 쓸데없이 맑아 애처로움을 불러일으키는 그 눈이 문제였다.

강하며 우월한 자는 약하고 열등한 자를 어여삐 여겨야 한다. 어린 날에 들었던 뻔하디뻔한 가르침이 그날따라 변덕을 부렸다.

현원자는 천인의 아이를 거두어 화산파로 데려왔다.

그 후로 십 년. 그 천한 것은 어느새 화산의 중심에 어느새 있었다. 현원자가 들었어야 했던 모든 찬사와 사탕발림을 독차지하면서.

처음엔 이해하고자 했다. 그러나 도저히 그럴 수가 없었다. 심정적으로나 이성적으로나 말이 안 되는 일이지 않은가? 양심이 있다면 그 자리를, 현원자가 가져야 할 자리를 탐내지 말아야지 말이다.

시작은 가볍게 눈치를 주는 식이었다. 한데 놈의 반응이 황당했다. 적당히 깨닫고서 찌그러지는 게 아니라 우직하게 버텼다. 마치 해볼 테면 해보라는 듯.

현원자는 분노했다. 그것은 신성한 분노였다. 자신이 베푼 아량과 자애심을 배반당한 데 대한 응당한 심판이었다.

신벌(神罰)이 뒤따랐다.

녹림채에 사주하여 천인촌을 급습하게 했다. 천한 것의 가족뿐 아니라 그 족속 전체를 징벌하기 위함이었다.

그리고 얼마 후, 현원자는 한밤중에 순천자의 습격을 받았다.

"그래서는 안 되는 거였소."

가슴 한복판을 꿰뚫은 채, 짐승을 바라보는 듯한 싸늘한 눈으로 놈이 말했다.

'그래서는 안 되는 거였다고? 네놈이야말로 그래선 안 되는 것이었다. 내 은혜를 이따위로 되갚아선 안 되는 거였어!'

감사할 줄 모르는 검은 머리 짐승. 놈을 상대로 일갈을 뱉고 싶었지만 흘러나오는 건 피거품뿐이었다.

"다시 만나는 일은 없을 것이오."

순천자는 그렇게 떠나갔다. 현원자는 온몸에서 생명이 빠져

나가는 것을 느끼며 서서히 식어갔다.

그러나 죽지는 않았다. 검을 내찌르던 순간에 마음이라도 흔들린 걸까. 순천자의 검은 아슬아슬하게 심장을 비켜 갔다. 엄청난 출혈이 뒤따랐음에도 현원자는 가까스로 목숨을 건질 수 있었다.

그러나 한동안은 죽음을 가장한 채 지내야 했다. 놈이 다시 찾아올지도 모른다는 두려움 때문이었다.

공포!

현원자가 정말 참을 수 없는 것은 그것이었다.

고귀한 혈통을 타고난 자신이, 천박하기 짝이 없는 남만 오랑캐에게 벌벌 떨어야 한다는 사실!

화산파도 장문인 자리도 이제는 알 바가 아니었다. 그의 인생은 이제 옛 사제에 대한 공포와 증오만으로 점철되고 말았다.

그날 현원자는 죽었다. 그리고 그 자리에서 무백이 태어났다.

"몇 년이나 지났는지…… 이제는 기억조차 불분명하군."

무백노사는 눈가를 비볐다. 희미한 습기가 손가락에 묻어

나왔다.

"우리가 알던 모든 게 죽어 스러졌는데, 아직도 네놈과 나만이 삶을 연명하고 있구나."

천마가 죽었을 때 기나긴 싸움에도 종지부가 찍혔구나 생각했다.

하지만 그 망할 놈은 패배를 인정하지 않았다. 최후의 보루까지 사라진 주제에 끈질기게 도망 다니며 저항했다. 그렇기에 무백노사도 만족하고 죽을 수가 없었다. 지금 죽는다면 놈에게 겁먹었음을, 놈보다 뒤떨어진다는 것을 인정하는 꼴이었기에.

그래서 그도 악착같이 살아남았다. 천한 것들의 비술인 격체신진술에까지 손을 댔으며 경멸해 마지않는 미국 정부의 극비 기술들까지 응용하여 목숨을 연명했다.

그의 몸 또한 절반 이상이 기계. 사제인 순천자 또한 안드로이드에 정신을 이식했다는 정보를 입수했을 땐 쓴웃음이 절로 나왔다.

"네놈은 언제나 그러했지. 어떻게든 나를 이겨보겠다고 악착같이 덤벼들었어."

그렇기에 져 줄 수는 없었다. 그 개자식이 승리하고 만족하는 모습만은 결코 용납할 수 없었다.

그것은 지금도 마찬가지. 천마의 후계자가 나타났을 때는 충격보다도 울분이 터져 나왔다. 이날을 위해 놈이 견뎌왔구나 싶어 오만 가지 욕설이 튀어나왔다.

"네놈은 정녕 대단하다. 그 점만큼은 인정하마. 하지만…… 하지만 나는 패하지 않는다. 중화는, 천무맹은 네놈들 오랑캐들에게 꺾이고 무릎 꿇지 않는다!"

"물론이오, 노사."

무백노사가 화들짝 놀라 일어섰다. 어느새 돌아왔는지 백진율이 지휘실로 들어서고 있었다.

"맹주……!"

"음."

"돌아오셨군요."

"보다시피."

무백노사는 급히 부복했다.

"이 늙은이를 용서하소서. 놈들이 갑작스럽게 공세를 취해온 탓에 부득불 군을 지휘했습니다."

"용서하고 말고 할 것도 없소. 일어서시오."

"가셨던 일은 어찌 되었는지요……?"

백진율이 씁쓸히 웃었다.

"노사의 말씀대로더군. 마음을 열고 저들을 받아들인다는 건 쉬운 일이 아니었소."

무백노사는 고개를 끄덕였다. 희미하면서도 비틀린 미소가 그의 입에 걸려 있었다.

"그렇습니다. 은혜에는 배신으로, 내미는 손에는 칼날로 보답하는 것이 저들입니다."

"그렇다고 해도…… 우리는 끝없이 저들을 이해하고자 노력해야겠지."

"그렇습니다. 그것이야말로 다스리는 자의 참된 품성인 것입니다."

"음."

"물론 끝까지도 은혜로운 손길을 거부하는 자에겐 엄중한 필벌이 있어야겠지요."

고개를 끄덕인 백진율이 상석에 앉았다.

"최대한 빠르게 끝내시오. 해야 할 일이 많으니."

무백노사는 자신이 만들어낸 최고의 역작을 자애로운 미소로 바라봤다.

"물론입니다, 맹주시여."

해가 서녘으로 떨어질 무렵, 마닐라 탈환에 나선 필리핀군은 궤멸에 가까운 타격을 입고 물러났다. 절반 가까운 병력이 죽거나 전선을 이탈했고 지휘부 또한 사실상 붕괴되었다.

주변 섬의 나머지 병력들은 침묵을 택했다. 대통령에 대한 복수보다도 천무맹에 대한 공포가 더욱 컸기에.

그렇게 상황을 정리한 천무맹 함대는 북쪽을 향해 진격을 개시했다.

다음 목표는 물론 한반도였다.

2

진도 연안에 상륙한 중국군 제2군단은 자발적인 교착상태에 빠져 있었다.

원래 2군단의 총사령관은 창궁검왕 남궁혁. 그러나 필리핀에서 발생한 일련의 사태로 인해 그가 차출되었다.

사실 이는 일반적인 군대라면 상상도 못 할 일이었다. 지휘관의 이탈은 군단이 지닌 기존의 명령 체계가 송두리째 증발한다는 뜻이었으니 말이다.

그러나 천무맹은 기본적으로 유사 군부대. 명령 체계가 현대 군대보다도 원시적이며 직설적이었다. 때문에 사령권은 고스란히 아래쪽으로 이양됐다.

문제는 남궁혁 다음가는 권한을 지닌 인물이 두 명이란 점이었다. 그것도 물과 기름 사이인 두 사람 말이다.

"한달음에 부산까지 쳐들어가서 싹 쓸어버려야 한다."

"아니, 무턱대고 돌진하다간 포위당하거나 함정에 빠질 수도 있어. 병참선을 구축하며 확실하게 전진해야 해."

"함정은 무슨 놈의 함정? 지금 무슨 삼국지 전투하는 줄 아냐?"

"그래서 닥치고 돌격하다가 앞뒤로 털리자고? 너는 병법의 기본도 모르는 것이냐?"

"병법은 뭔 빌어먹을 놈의 병법? 그냥 더 센 놈이 치고 들어가 싸워 이기면 그만이지."

"나라면 몰라도 너는 더 센 놈이 아니라서 불가능할 거다. 뭐, 내 얘기를 한 거라면 이해하지만."

"요새 독감이 유행이라더니 그새 감기라도 걸렸나 보다? 푹푹 삶아진 뇌로 떠올릴 법한 소리나 지껄여 대고."

"뱃가죽에 바람구멍이라도 나고 싶냐, 각나찰?"

"네놈이야말로 턱주가리 좀 쪼개져 볼 테냐, 창야차?"

구릿빛 피부의 거한인 각나찰, 학자 같은 외모의 창야차.

군사 회의용 대형 테이블을 사이에 두고 앉은 두 사람은 당장 터져 나갈 화산처럼 으르렁거렸다.

한반도 남쪽 구석에 처박힌 지 벌써 며칠째. 그사이 세부와 마닐라 등지에선 수차례의 전투가 벌어졌다. 승패를 떠나 무언가 하기는 한 다른 12강과 달리 그들은 아무것도 한 것이 없는 셈. 좀이 쑤시다 못해 피부를 뜯어낼 지경이었다.

"지금은 무조건 돌격하는 게 답이다!"

"아니, 차근차근 주요 거점들을 점령해 나가야 해!"

"창야차!"

"각나찰! 멍청한 자식아!"

"이런 개자식 보게? 나는 이름만 불렀지 욕은 안 했구만!"

"거 미안하게 됐구나. 나는 하도 답답해서 도저히 네 이름만 부르고 말 수가 없더구나."

"입만 산 개자식."

"입도 살지 못한 머저리 놈."

두 사내는 죽일 듯이 서로를 노려봤다. 그러다 결국 제풀에 지쳤는지 거의 동시에 한숨을 토했다.

"듣자 하니 마후라가까지 죽은 모양이더라."

"그래."

"이제 살아남은 팔부신중은 나와 너, 그리고 간다르바뿐이다."

"그리고 간다르바는 지금 필리핀에 있지."

"그래, 맹주의 바로 곁에 말이야."

"……."

"……."

"이러다간 창궁검왕이 돌아올지도 몰라. 그렇게 되면 너나 나나 전공을 세우는 건 물 건너갈 거다."

"그렇겠지. 잘나신 남궁가의 혈통을 타고난 그 자식이 모든 공을 가로챌 테니."

"각나찰."

"왜 그러냐, 창야차."

"이번 한 번만 우리 사이를 잊고서 한번 잘 해보자. 사실 필리핀 전투도 상처뿐인 승리인데, 우리가 부산을 먹으면 단번에 치고 올라가게 될 거다."

"그건 그렇지. 아마 맹주께서도 우릴 다시 보시겠지?"

"내가 말하고자 하는 게 그거다."

두 팔부신중이 조금 전과는 다른 눈으로 상대를 바라봤다.

"좋아. 케케묵은 옛 악연은 당분간 잊자."

"잘 생각했다, 각나찰."

"그러면 이제 부산으로 돌격해 들어가는 거지?"

"병참선을 구축해 가면서."

"야, 인마!"

"조선반도 놈들을 우습게 봐선 안 된다니까!"

결국은 다시 원점. 두 팔부신중이 침을 튀겨가며 서로에 대한 평가를 늘어놓으려던 시점이었다.

-적의 접근입니다. 일련의 병력이 해남군 인근까지 근접했습니다.

각나찰과 창야차가 움찔했다. 보고 내용을 완전히 이해했기 때문은 결코 아니었다.

"젠장. 대뜸 그렇게만 말하면 어쩌자는 거야?"

"해남군이 어디지?"

-현 위치에서 북동쪽에 위치한 지역입니다. 거리는 대략 20㎞가량 떨어져 있습니다.

"그러니까 적이 대충 20㎞ 바깥까지 쳐들어왔다, 그거군?"

-그렇습니다.

마침내 절충안이 떠오르는 순간이었다. 각나찰과 창야차는 서로를 바라보며 고개를 끄덕였다.

"그럼 일단은……."

"저것들부터 깨부수고 보자."

"근데 이따위 작전이 정말 먹혀들까요?"

임성욱은 목소리의 주인을 향해 쓴웃음을 지었다.

"이따위라니요. 본인이 떠올린 작전이잖습니까, 헨리에타 양."

"뭐라도 얘기해야 할 것 같아서 그냥 내뱉은 것뿐이에요. 설마 별생각도 없이 바로 받아들일 줄은 몰랐다고요."

"생각이 없지는 않았습니다. 토의도 했잖습니까?"

"내용 대부분이 작전과는 무관한 수다였지만 말이죠."

"하하……."

임성욱이 머쓱하게 웃었다. 그때 앞서 걷던 아티샤가 뒤를 돌아봤다.

"거의 다 온 것 같아요, 임성욱 의장님."

"말씀 감사합니다. 슬슬 준비해야겠군요."

이동 중인 무리는 대략 30여 명이었다. 헨리에타 일행과 임성욱, 그리고 심자홍이 이끄는 주작전 무사들이었다.

"중국군 놈들은 이능력에 대한 대비를 철저히 해두었을 거다. 그렇다면 놈들의 허를 찌르기 위해서라도 병력 구성을 무인 위주로 하는 게 좋을 것이다."

작전의 개요를 들은 임장규의 말이었다. 그리고 임장규와 임성욱을 제외하면 부산 내에서 무공을 익힌 것은 헨리에타 일행과 주작전 무사들뿐이었다.

심자홍과 주작전 무사들은 오히려 적극적으로 나섰다. 이러니저러니 해도 피난민인 그녀들이 빠르게 인정받고 녹아들기 위해선 공을 세우는 게 제일이라는 걸 알기 때문이었다.

"일단은 정지하죠."

임성욱의 명령에 모두 경공을 멈추었다. 일사불란한 그 모습에 임성욱은 절로 쓴웃음이 났다.

"할아버지도 저도 무맥의 순수성을 유지해야 한다고만 생각했었는데…… 지금 와 돌이켜 보면 어리석었던 것 같군요."

"하긴, 이런 전투 집단을 양성했더라면 지금쯤 큰 도움이 되었을 테지."

"어휴, 저 무신경."

"아뇨, 그렉 씨의 말씀이 옳습니다. 할아버지야 그럴 여유가 없으셨다 쳐도 저는 달리 생각할 수 있었을 텐데. 미래를 대비하지 못한 것은 제 불찰이 큽니다."

"하지만 후회해 봐야 이미 늦었잖아? 앞으로 잘하면 돼요, 의장 선생."

"감사합니다, 밀리아 양. 어쨌든……."

임성욱의 시선이 심자홍에게 돌아갔다.

"저들에 대해 가장 잘 알고 계실 분은 여러분이겠죠. 그래서 조언을 듣고 싶습니다."

"말씀하세요. 성심성의껏 대답해 드리죠."

"첩자들의 보고에 의하면 현 중국군 2군단의 지휘관은 두 사람이라고 합니다."

"대강 짐작이 가는군요. 각나찰과 창야차일 거예요."

"정확합니다. 그들에 대해 뭔가 알아둘 만한 정보가 있습니까?"

"저희도 모든 것을 알진 못해요. 하지만 알려진 바에 의하면, 그 둘과 간다르바야말로 팔부신중 중에서도 가장 맛이 간 인간들이라고 해요."

"구체적으로 말씀해 주실 수 있겠습니까?"

"각나찰은 황사룡과 같은 타입이에요. 머리에 든 게 없고 막 나가는 스타일이죠. 창야차는 그 정반대라 할 수 있어요. 쓸데없이 머리를 굴리는 스타일이라고나 할까요?"

"양극단의 두 사람이 지휘를 맡고 있는 거군요."

"네, 천무맹의 문제점이 그거죠. 병력 지휘만큼은 숙달된 장군에게 맡겨야 하는데 그러질 않으니까요."

하긴 생각해 보면 이상한 일이었다. 무공이 뛰어나다고 용병술까지 뛰어날 리는 없는데 말이다.

"아마도 무백노사의 사고관이 굉장히 구시대적이라 그럴 거예요."

"그렇군요."

잠시 생각하던 임성욱이 일행을 돌아봤다.

"일단은 그 약점을 찌르는 방향으로 가닥을 잡아봅시다."

같은 시각, 신서울.

"오빠는 아직 돌아오지 않았나 봐요?"

회의실을 나서던 차수정이 주춤했다. 목소리의 주인을 돌아본 그녀가 미안한 미소를 지었다.

"응, 그런 것 같구나. 미안해."

"수정 언니가 미안해할 일은 아니죠. 그리고 저는 괜찮아요. 언니가 걱정될 뿐이죠."

"내가?"

"네, 거울만 봐도 제 말이 무슨 뜻인지 알 걸요?"

"엉망인가 보구나."

"들어가서 좀 쉬세요. 오빠는 꼭 돌아올 테니까 너무 걱정하지 마시고요."

차수정의 입이 살짝 벌어졌다가 닫혔다. 그녀의 시선이 적세연의 왼편으로 향했다. 강제로 끌려 나온 비상식량이 얼굴을 바닥에 댄 채로 늘어져 있었다.

적세연이나 다른 가족들이 차수정만큼 걱정하지 않는 것은 아닐 것이다. 다만 그 이상으로 적시운을 믿고 있는 것일 터.

"미안해. 원래는 내가 네게 격려를 해줘야 했는데."

"아니에요. 언니는 저보다 짊어진 짐이 많잖아요?"

"그리 대단한 수준도 아닌걸."

"스스로에 대해 자신감을 가져요. 누가 뭐래도 저는 언니 편이니까요."

차수정은 미소를 지었다. 아마도 최근에 지은 표정 중 가장 가식 없는 웃음일 터였다.

적세연과 헤어진 그녀는 길드 데몬 오더의 아지트로 향했다. 어느새 상당한 지분을 차지하게 된 주작전 무사들이 그녀를 보고 묵례를 했다.

수뇌부 전용실에 다다르니 익숙한 목소리가 방 안에서 튀어나왔다.

"대동강 쪽 움직임은 어떻대?"

"여전히 교착상태인 모양이야."

대답할 즈음에 자동문이 열렸다. 안으로 들어서니 문수아가 피아노 치듯 허공에 손가락을 놀리고 있었다. 물론 이는 어디까지나 일반적 관점에서나 그럴 뿐. 차수정은 무리 없이 그녀의 손가락 사이에서 움직이는 와이어를 볼 수 있었다.

"실뜨기하는 중?"

"하. 하. 하. 참 재미있는 농담이네, 길드장 대행."

"고마워. 이런 말에도 웃어주고. 역시 감투는 쓰고 볼 일이라니깐."

"한심한 농담도 하는 걸 보니 희소식이라도 들어왔나 봐?"

"그렇지는 않고…… 스스로 생각해 봐도 요새 너무 기운이 없었던 것 같아서."

"흐응, 알긴 안다니 다행이네."

"……네가 보기에도 내가 그래 보였어?"

"응, 비 맞고 축 늘어진 강아지 같아서 귀엽던걸."

"……."

"농담이야. 그나저나 그 인간을 진짜 좋아하긴 하나 보네."

차수정의 얼굴이 붉어졌다.

"아무래도…… 나와 수혁이를 구해준 게 선배니까."

"그렇단 말이지. 편하겠는걸."

"편하다니, 뭐가?"

"좋아하는 이유를 갖다 붙이기가."

"……."

차수정이 째려보자 문수아가 키득 웃었다.

"농담이야, 농담. 하여간 순진해서 놀려 먹기도 편하다니까, 우리 수정이."

"누가 우리 수정이라는 거야?"

차수정의 볼멘소리에 문수아가 빙글빙글 웃었다.

"누군 누구겠어?"

짧은 시간 동안 비교적 친해진 두 사람이었다. 연령대도 비슷하고 성장 환경까지 비슷한 데다 같이 있는 시간도 제법 되었던 까닭이다.

"근데 뭐 그렇게까지 걱정할 필요는 없지 않아? 그 영악한 인간이 어디서 뒤통수 맞거나 함정에 빠질 일은 없을 텐데."

"그건 그렇지만……."

"할 일 전부 하고 나면 돌아오겠지, 뭐. 별일이야 있겠어?"

문수아가 대수롭지 않다는 듯 말을 이었다.

"설마 여자라도 끼고서 놀고 있는 것도 아닐 테고."

3

"지금쯤이면 전부 파악당했을 거예요."

중간이 끊어진 다리. 옛 진도대교를 앞둔 위치에 다다랐을 때 심자홍이 말했다.

"파악당했다는 것은……?"

"중국 정부가 운용하는 군사위성은 총 21개예요. 그중 18개가 천무맹 휘하에 놓여 있고, 다시 그중 절반인 9개가 아시아를 집중적으로 감시하고 있죠."

"……3개가 예외라는 게 오히려 놀라운데요."

"그 3기는 21세기에 쏘아 올린 구식이라 사실상 기능을 상실했어요. 구색 맞추기인 셈이죠."

"그렇군요."

얼떨떨하게 고개를 주억거리는 임성욱. 심자홍은 굳은 얼굴로 끊어진 다리 너머를 응시했다.

"지금쯤 우리의 위치와 숫자 정도는 파악했을 거예요."

"군사위성도 내공을 보진 못해."

밀리아가 두 주먹을 부딪쳐 보이며 말했다.

"요격할 테면 해보라지. 세부에서처럼 멍청히 당하지만은 않아."

등허리엔 그녀의 상징이나 다름없는 대검을 걸어둔 모습. 밀리아뿐 아니라 일행 모두가 최대한의 무장을 갖췄다.

"너무 쉽게 생각해선 안 돼요. 각나찰과 창야차는 논란의 여지가 있긴 해도 어쨌든 천무맹 12강이에요."

"그렇게 말하는 걸 보니, 요화란이나 황사룡보단 약한가 봐?"

헨리에타의 질문. 심자홍은 주저 없이 고개를 끄덕였다.

"제석천을 제외하면 팔부신중의 무위는 사신전주들보다 약간은 뒤처지는 편이에요. 그중에서도 저 둘은 최하위죠."

"왠지 그럴 것 같았어."

밀리아가 끼어들었다.

"이름부터가 그렇잖아. 다른 놈들은 다 그럴싸한데 얘네만 나찰이랑 야차라니. 뭔가 세트 메뉴 곁다리 같은 느낌이야."

"감자튀김이랑 콜라처럼?"

"바로 그거야."

"그렇다고 해서 무시해선 안 돼요. 꼬리라곤 해도 천무맹 수뇌부의 일원이니."

"뭐, 그쯤은 각오한 일이잖습니까."

임성욱이 전방을 응시하며 말했다.

"옵니다. 다들 준비하시길."

진도대교의 건너편. 침엽수로 이루어진 수림지대 위로 흙먼지가 피어났다. 이동 중이라는 것을 딱히 숨기지 않는 담백한 움직임. 척 봐도 결코 적은 병력이 아니란 게 느껴졌다.

"보아하니 정면으로 치고 들어올 모양이군."

날카로운 눈으로 수림을 응시하던 그렉이 말했다. 헨리에타의 시선이 조금 가까운 쪽으로 당겨졌다.

"정면이라면……."

끊어진 다리 위를 경공으로 뛰어넘는다. 여울목의 너비가 400m쯤 되는 데다 다리의 높이가 어느 정도 있음을 감안하면 역시 외길이라고 보는 것이 옳았다. 그렇다면 대응 방안도 하나뿐.

"다리 위에서 막죠."

"찬성!"

일행이 한달음에 진도대교로 치달았다.

"난 여기에 자리 잡을게."

헨리에타가 가장 먼저 멈춰 섰다. 다리의 초입, 기와가 모조리 깨져 나간 암자였다. 배후에서 저격으로 지원하겠다는 뜻.

심자홍이 두 명의 자매에게 지시하여 그녀를 호위하게 했다. 나머지 일행은 그대로 내달려 다리가 끊어진 지점까지 다다랐다.

그사이 적 병력도 수림을 빠져나왔다.

쿠구구구.

중형 전차의 움직임에 기다란 거목들이 좌우로 꺾여 들어갔다. 진도대교가 충분히 사정권 내에 들어서는 위치에 전차들이 차례로 멈춰 섰다. 다만 그쪽이 주력군 같지는 않았다. 이내 무복을 갖춰 입은 무사들이 뛰어나왔던 것이다.

"나찰병(羅刹兵)…… 각나찰이 직접 왔나 보군요."

심자홍이 굳은 얼굴로 중얼거렸다. 임성욱은 수림 너머를 응시하고서 말했다.

"숲 안쪽에도 병력이 더 있는 것 같습니다만."

"아마 창야차가 이끄는 야차군(夜叉軍)일 거예요. 보아하니 선봉은 각나찰이 맡게 됐나 보군요."

"한꺼번에 덤벼들지 않겠습니까?"

"두 사람의 관계를 생각하면 그렇진 않을 거예요. 협공을 하더라도 열세에 몰린다 싶을 때나 할 거예요."

"지금 당장은 아니라는 거군요."

"예."

그녀의 대답이 끝나기 무섭게 나찰병이 진군을 시작했다. 그리 많은 숫자는 아니었으나 주변의 땅이 쿵쿵거리며 울렸다.

후드드득.

부서진 다리의 파편들이 여울목으로 떨어져 내렸다. 첨벙거리는 소리와 쿵쿵거리는 소리가 뒤섞여 기묘한 긴장을 자아냈다. 진군하는 나찰병 사이에서 거구의 사내가 뛰쳐나왔다. 그를 본 심자홍이 급히 숨을 들이켰다.

"각나찰이에요!"

"하하하하!"

호방하게 웃음을 터뜨린 각나찰이 속도를 높였다. 폐허가 된 다리 위에 놓여 있던 폐차들 사이로 그의 신형이 스쳐 지나가자 족히 수백 ㎏은 됨직한 차체들이 밀려나거나 날아갔다.

"건방진 조선 놈들! 고작 그 숫자로 기습해 오다니!"

쿵!

콘크리트 바닥에 균열이 생겼다. 큼직하게 진각을 밟은 각나찰이 그대로 도약했다.

"모조리 쳐 죽여주마!"

포효와 함께 다리 사이를 뛰어넘는 각나찰. 가볍게 심호흡을 한 임성욱이 앞으로 걸어갔다.

"제가 맡겠습니다. 여러분은 나머지를."

"네? 하지만……."

"으스대고 다닐 정도는 아닙니다만……."

임성욱이 체내의 기운을 격발했다.

"저도 싸움이라면 자신은 있습니다."

파앙!

바닥을 박차고 나간 임성욱이 각나찰에게 쇄도했다. 임성욱을 본 각나찰이 짐승처럼 으르렁거렸다.

"네놈이 첫 먹잇감이냐!"

"틀렸어."

임성욱의 육체 위로 푸르스름한 기운이 일렁였다. 호신강기와 비슷한, 그러나 조금은 다른 기운이었다.

"용오름."

"뭐라고?"

파앗!

푸른 기운이 나선형으로 비틀리며 임성욱을 휘감았다. 임성욱은 도약한 기세를 그대로 살려 각나찰보다 높은 지점까지 단숨에 도약했다. 그리고 회오리와 함께 방향을 전환, 내리꽂히는 화살처럼 각나찰에게 쇄도했다.

"건방진……!"

각나찰이 노호성을 터뜨렸다. 동시에 허공에서 신형을 반전, 오버헤드킥을 차는 듯한 자세로 임성욱을 향해 발끝을 후렸다.

쾅!

허공에서 일어난 폭발이 사위를 흔들었다. 다리로부터 떨어져 나온 파편들이 여울 위로 떨어지며 물보라를 만들었다. 그 사이로 떨어져 내리는 신형이 하나. 각나찰이었다.

"크……!"

각나찰이 이를 악물었다. 격통은 크지 않았으나 분노는 컸다. 그는 곧바로 경공을 펼쳐 공중에서 자세를 잡았다. 그리고 황급히 임성욱의 위치를 좇았다.

'놈은 어디에……?'

"여기."

쾅!

두 번째 타격이 등허리를 덮쳤다. 척추를 쪼개는 듯한 격통에 각나찰이 신음을 삼켰다.

"이런 개 같은!"

부웅!

각나찰이 풍차처럼 회전했다. 그의 절초 중 하나인 풍신각살(風神脚殺)에 십성 공력을 쏟아부은 강격이었으나 애꿎은 허공만을 찢어발기고 지나갔다.

'빠르다!'

세 번째 공격이 정수리로 떨어졌다. 각나찰은 황급히 몸을 뒤집어 발꿈치로 타격을 받아냈다.

쿠웅!

다행히 이번엔 충격의 대부분을 관절로 흡수했다. 대신 여울로 추락하는 것을 면치 못했다.

풍덩!

각나찰이 여울목의 급류에 휩쓸렸다. 대장을 따라 기세 좋게 치고 들어가려던 나찰병들이 파랗게 얼어붙었다. 헨리에타는 그 기회를 놓치지 않았다.

탕!

정밀 개조된 그녀의 저격 소총이 불을 뿜었다. 내공이 실린 탄환은 다리에 놓인 폐차 사이를 가로지르며 날아갔다. 그리고 목표의 심장을 꿰뚫었다.

"컥!"

가슴 한복판으로 탄환을 받은 나찰병이 뒤로 날아갔다. 방탄복을 착용한 것이 실수. 원래대로면 관통하고 날아갔을 탄환의 에너지가 고스란히 온몸으로 퍼졌다.

폐차에 부딪히고서 고꾸라지는 동료를 본 나찰병들의 낯빛이 핼쑥해졌다.

탕! 탕! 탕!

연거푸 총성이 울렸다. 그럴 때마다 한 명의 무사가 반드시 고꾸라졌다. 천무맹이 심혈을 기울여 길러낸 무사들이 삽시간에 소모되기 시작한 것이다.

후방에서 대기 중이던 창야차도 상황의 심각성을 깨달았다. 그는 황급히 통신기를 이용해 나찰병들에게 돌격 명령을 내렸다.

"멍하니 있다간 당한다. 난전으로 이끌어 저격수를 혼란스럽게 만들어라!"

다행히 나찰병들은 그의 명령을 듣고서 돌진하기 시작했다. 안도의 한숨을 내쉰 창야차가 그의 직속 병력인 야차군을 움직였다.

침엽수림이 움직이는 것을 본 그렉이 소총을 들었다.

"저쪽은 내가 견제하지. 아마 헨리에타도 같은 생각일 거다."

"그럼 나는 이 녀석들!"

밀리아가 사납게 웃었다. 그녀의 시선은 끊어진 다리 위로 도약해 오는 나찰병들에게 고정되어 있었다.

"환영 인사는 거하게 해드려야지!"

콰직! 콰득!

그녀의 양손이 버려진 차량들 안으로 파고들었다. 알루미늄 차체를 종잇장처럼 움켜쥔 그녀의 근육들이 불끈 솟아났다.

"먹어라!"

밀리아가 폐차들을 냅다 집어 던졌다. 허공을 가르고 날아간 차량들이 도약해 오던 나찰병과 충돌했다.

"커헉!"

"크아악!"

차량과 충돌한 나찰병들이 그대로 추락했다. 설마 차체를 냅다 던질 거라고는 생각지도 못했기에 대비도 제대로 못 한 차였다.

주작전 무사들과 심자홍도 질린 눈으로 밀리아를 바라봤다. 그녀들도 차량을 들 정도의 외공은 지녔다지만 저렇게까지 자유자재로 던져 댈 정도는 아니었던 것이다.

"더 온다! 집중하도록!"

"알고 있어요!"

그렉의 외침에 심자홍이 대꾸했다. 그녀를 비롯한 주작전 무사들이 쇄도하는 나찰병을 향해 비수를 날렸다.

그렉은 침엽수림 방향으로 탄환을 날렸다. 헨리에타 또한 그쪽을 타깃으로 잡고서 연신 방아쇠를 당겼다. 다만 이번엔 먼젓번과 같은 타격을 가하지 못했다.

타탕!

목표를 맞히지 못한 채 튕겨지는 탄환들. 섬전처럼 휘둘러졌던 창날 끝이 파르르 떨렸다.

"제법 인상 깊기는 했지만 결국 잔재주에 불과하다."

팔부신중의 일원, 창야차가 차가운 얼굴로 중얼거렸다.

타타탕!

엿이나 먹으라는 듯 연신 탄환이 날아들었다.

창야차는 침착하게 애병 비사문천(毘沙門天)을 휘둘렀다.

"먹히지 않는군."

나직이 중얼거린 그렉이 곧바로 총구를 돌렸다. 쓸데없이 힘을 빼느니 나찰병을 상대하는 게 낫겠다고 판단한 것이다.

대다수의 나찰병이 다리를 넘어서지 못하고 추락했다. 사망자는 적었으나 대부분 여울목 급류에 휩쓸려 버렸다.

그사이 임성욱은 창야차에게로 쇄도했다. 각나찰이 금방 빠져나오진 못하리라는 판단에서였다.

"훙!"

쇄도하는 신형을 본 창야차가 벼락처럼 반응했다. 신창 비사문천의 날 끝이 임성욱의 단전을 노리고 들어왔다.

"가랑비!"

임성욱의 기질이 돌변했다. 단단한 쇠뇌 같던 그의 움직임이 흐물흐물한 빗살처럼 변해서는 미끄러졌다.

"……!"

아슬아슬하게 창날을 지나치는 신형. 임성욱은 삽시간에 창야차의 사각으로 파고들었다. 창아챠는 주저 없이 창대를 놓고서 권격을 뻗었다. 임성욱 또한 거의 동시에 주먹을 날렸다.

파앙!

주변의 나무들이 어지러이 흔들렸다. 일진광풍에 나뭇잎들이 우수수 떨어져 내렸다.

"이런 낯간지러운 말을 직접 하게 될 줄은 몰랐는데."

살짝 물러난 임성욱이 말했다.

"적이지만 대단하군, 당신."

괜히 욕심부려 창을 쥐고 있었다면 급소를 강타당했으리라.

거리낌 없이 병기를 놓을 수 있다는 건 그만큼 경험이 풍부하다는 뜻이었다.

"피차일반이로군. 설마 이런 작은 나라에 이런 무공이 보존되어 왔을 줄은 몰랐다."

"좋게 나오려다 마는군. 땅덩이 넓다고 다 뛰어난 줄 아나?"

"중화의 위대함은 그 면적에 기인한 게 아니다."

임성욱이 구겨진 얼굴로 혀를 찼다. 창야차는 창대를 발로 밟아 위로 튕겨 붙잡았다.

"너희는 우리를 이길 수 없다."

4

임성욱의 입매가 비틀렸다.

"그래서, 뭐 항복이라도 하라는 건가?"

"그것도 방법의 한 가지겠지."

"웃기는군. 가만히 앉아서 죽는 날만 기다리라고? 우리가 항복하면 너희가 퍽이나 얌전히 물러가겠군."

창야차의 눈매가 꿈틀댔다.

"천무맹주께선 공정한 분이시다. 0급 위험인물만 제거된다면 그 이상 조선반도에서 피를 보려 하시지 않을 거다."

"그래서 그 오랜 세월을 타민족 핍박에 할애했나 보군."

"……."

"20세기 당시의 일본 제국은 이 나라의 문화와 정신을 말살하려 했지. 지금 너희가 하고 있는 짓이 바로 그것 아닌가?"

창야차의 표정이 시시각각 일그러졌다. 각나찰보단 덜하다지만 그 또한 설득이나 토론에는 익숙하지 않았다.

"어차피 너희가 질 싸움이다. 그러니 좀 얌전히 뒈지기나 하란 말이다."

"이제 좀 낫네. 솔직하니까 얼마나 좋아."

"비아냥대는 그 혓바닥을 비사문천으로 끊어줘야겠군."

"그 엿가락 같은 창으로? 열심히 해보시지."

퍼엉!

먼 방향에서 큼직한 물보라가 일었다. 각나찰이 어울목의 급류로부터 뛰쳐나온 것이었다.

팟!

임성욱이 땅을 박찼다. 각나찰이 튀어나온 이상 쓸데없는 대화로 시간을 낭비할 순 없었다.

"흥!"

창야차가 미세하게 손목을 비틀었다. 자그만 비틀림이 비사문천의 창대를 타고 흐르자 나비효과가 일어나듯 창끝이 포효했다.

촤르르륵!

히드라의 머리처럼 수 갈래로 갈라지는 창날. 시퍼런 강기까지 실려 있어 함부로 뚫고 들어가기 어려웠다.

"이것이 양가창법(楊家槍法)의 극치인 이화무한(梨花無限)이다!"

"봉황익!"

체내의 기질을 또다시 바꾼 임성욱이 거리를 벌렸다.

한편 물 밖으로 빠져나온 각나찰은 두 사람의 기운을 감지하고서 고개를 돌렸다.

"죽여 버린다!"

임성욱을 발견한 각나찰이 허공을 박차고 내달렸다. 그것을 본 창야차가 급히 소리쳤다.

"놈은 내가 맡을 테니 넌 다리 쪽을 맡아라!"

"입 닥쳐!"

단번에 일축한 각나찰이 임성욱의 배후로 짓쳐 들었다.

임성욱은 방향을 급변하여 전차들 사이로 회피했다. 이를 뿌득 간 각나찰이 곧장 뒤를 쫓았다.

"빌어먹을."

창야차는 고민했다. 보통의 경우라면 놈을 내버려 두고 다리 쪽으로 향할 테지만 지금은 아니었다.

'저 멍청한 각나찰이 무슨 계략에 휘말릴지 모른다.'

결국은 그게 문제였다. 임성욱이 향한 방향만 보더라도 꿍꿍이가 있다는 게 뻔히 보이지 않은가.

할 수 없이 그 또한 임성욱을 추격했다. 물론 수하들에게 돌격 명령을 내리는 것도 잊지 않았다.

같은 시각.

진도대교 위는 교착상태에 빠져 있었다. 나찰병들도 더 이상 무턱대고 몸을 날리진 않았다. 안 그래도 긴급 회피가 버거운 허공에서 요격까지 당하니 배길 수가 없었던 것이다.

"얼른 넘어와! 안 오면 내가 그쪽으로 간다?"

밀리아가 기세 좋게 소리치며 양팔을 휘둘렀다. 대형 타이어가 양손에 사이좋게 들려선 허공에 궤적을 그렸다.

"나 아직 칼도 안 뽑았는데 너무 싱거운 것 아냐? 진짜 그쪽으로 넘어갈까?"

말은 그렇게 해도 그녀는 자리 잡은 위치에서 한 발짝도 떼지 않고 있었다. 굳이 지형적 이점을 버릴 필요가 없었던 것이다.

물론 천무맹 측도 머저리만은 아니었다. 후방의 나찰병과 뒤이어 합류한 야차군이 다리를 우회하기 시작했다.

"멀리 돌아 물살을 건너려는 모양이다."

움직임을 포착한 그렉이 방아쇠를 당기며 말했다. 나찰병들도 저격에 익숙해진 까닭인지 엄폐물 뒤로 몸을 숨긴 채 움직였다. 헨리에타의 휘어지는 탄환은 그런 무사들까지 어김없이 꿰뚫었지만 적의 숫자는 여전히 많았다.

"우리도 물러나는 게 좋겠어요."

밀리아의 옆으로 붙은 심자홍이 말했다.

"벌써?"

"여기만 고수하다가 양쪽으로 포위당하면 곤란해질 거예요."

"강 건너는 애들은 헨리에타랑 그렉이 저지할 수 있어."

"그렇다 쳐도 전차들이 남아 있어요."

밀리아의 시선이 숲으로 향했다.

"일제 포격을 갈기면 다리와 함께 우리를 날려 버리는 것도 가능할 거예요."

"자기네 동료들도 다리 위에 있는데?"

"그쯤은 감수하겠다고 판단할 수도 있죠. 게다가 정밀 타격을 하면 아군 피해를 최소화할 수도 있어요."

밀리아가 고개를 돌려 그렉을 바라봤다. 결국 결정하는 일은 그 아니면 헨리에타의 몫이었던 것이다.

"빠지자."

그렉의 말에 밀리아가 두 타이어를 반대편으로 내던졌다. 동시에 등허리의 대검을 뽑아 들었다.

"갈 땐 가더라도!"

스르릉.

한국 정부에서 그녀를 위해 마련해 준 특수 병기, 플래티나 바스타드소드였다.

특수 병기라고 해서 대단한 뭔가가 있는 건 아니고 과학력으로 실현 가능한 최대치의 내구성과 강도를 지닌 정도. 다만 밀리아에게 있어선 쓸데없는 기능이 붙은 것보다 나았다.

"인사는 하고 가야지!"

밀리아가 바스타드소드를 그대로 내려찍었다.

칼날은 오래된 콘크리트 바닥을 꿰뚫은 걸로 모자라 주변의 땅에 대균열을 만들어냈다.

"다들 뛰어!"

경쾌하게 소리친 그녀가 몸을 돌려 냅다 달렸다. 미간을 잔뜩 구긴 그렉과 심자홍이 뒤를 따랐다.

쿠구구구.

진도대교가 와르르 무너져 내렸다. 거대한 흙먼지 속에서 주작전 무사들이 가장 먼저, 그렉이 맨 나중에 빠져나왔다.

"쓸데없는 짓거리에 뺄 힘이 있으면 비축해 둬라."

"이게 왜 쓸데없는 짓거리야? 저 먼지 덕분에 우리 위치가 가려졌잖아."

그렉이 조금 놀랐다는 눈으로 밀리아를 쳐다봤다. 밀리아는 의기양양한 표정으로 두 손을 허리에 얹었다.

"에헴."

"보나 마나 심자홍이 가르쳐 줬을 테지."

"전혀 아니거든?"

"그 얘긴 됐으니까 얼른 움직이자."

어느새 다가온 헨리에타가 말했다. 밀리아가 입술을 비죽 내밀었지만 더 주장을 내세우진 않았다.

"이제 어쩌죠?"

"계획대로 해야지. 전선 이탈."

심자홍이 불안한 눈으로 먼지구름 너머를 바라봤다.

"아직 임성욱 의장님이……."

"괜찮을 거다."

그렉이 딱 잘라 말했다. 그가 이렇게까지 확신하는 경우는 많지 않았지만, 심자홍은 그래도 불안한 기색이었다.

"하지만 그 두 사람은 천무맹 12강이라고요. 적시운쯤 되는 사람이 아니고서는……."

"나는 임성욱과 적시운이 맞붙는 모습을 직접 본 적이 있다. 그리고 다른 건 몰라도 분석하는 능력만은 내세울 만하다고 자신하는 편이고 말이다."

"그런 네가 보기에 그 양반은 괜찮을 거란 말이야?"

"그렇다."

대답은 들은 밀리아가 어깨를 으쓱였다.

"뭐, 그럼 믿어야지. 사람은 답답해도 눈썰미 하나는 믿을 만한 게 너니까."

"흥."

"그럼 약속한 장소로 이동하자."

헨리에타의 말에 일행은 속도를 높였다.

같은 시각.

필리핀에 주둔 중이던 비행함 약사여래가 중국 본토로 이동했다. 마닐라에는 반발 억제를 위한 최소한의 병력만을 남긴 채였다.

때맞춰 신북경에서 대기 중이던 중국 공군 제1선단이 남하했다. 병력은 총 5천. 중국 정부의 최신 기술력이 담긴 비행선단은 옛 미국의 주력 함대에도 뒤지지 않는 화력을 보유하고 있었다.

기함은 맹주 전용 비행 전함인 아미타불(阿彌陀佛). 배수량 2만 톤급 전투함에 필적하는 스펙을 지녔으면서 공중 기동이 가능한 이온 테크놀로지의 결정체였다.

"태국과 베트남 정부가 완전 협력을 약속해 왔습니다. 미얀마와 라오스가 침묵을 지키고 있지만 큰 위협이 되지는 않을 것입니다."

무백노사의 보고를 들으며 백진율은 침묵했다. 사실상 흘려듣고 있는 셈. 그렇더라도 무백노사는 개의치 않았다. 일련의 보고는 전적으로 그 자신의 기분 전환을 위한 것이었으니.

"마수 전쟁기에 쓸려 나간 인도네시아와 말레이시아는 신경 쓸 것도 없으니, 남방은 완전히 평정된 셈입니다."

"……."

"경축드립니다, 맹주."

내내 생각에 잠긴 채 침묵하던 백진율이 픽 쓴웃음을 머금었다.

"노사의 말마따나 그들은 그다지 중요하지 않소. 애초에 이 전쟁은 아직 시작도 되지 않은 셈이오."

무백노사의 표정이 살짝 굳었다. 천무맹 12강 중 8명이 죽었다. 걸린 시간과 제반 상황을 감안하면 몰살이라 표현해도 과언이 아니었다.

실로 치명적인 타격. 금세기 들어 천무맹 최대의 위기라 해도 과언이 아니었다. 한데 백진율은 아직 시작도 하지 않았노라 단언하고 있는 것이었다.

"맹주의 말씀이 과연 옳습니다. 세상의 주인이 누구인지를 천명하는 거룩한 행보는 아직 채 시작도……."

"천무맹은 많은 피를 흘리게 될 거요, 노사."

"……."

"적시운이 본토로 향했을 당시엔 그의 의도를 알 수가 없었소. 자잘한 추측만을 할 뿐 정확한 속내는 파악하지 못했지. 한데 이제는 알 것 같소."

"놈의 저의를 말씀인지요?"

"적시운은 서쪽으로 향했소. 그리고 오래전 노사가 내게 가르쳐 주었던 바에 의하면……."

"천마신교!"

무백노사가 벌떡 몸을 일으켰다. 천마신공을 익힌 천마의 후계자가 천마의 땅으로 향했다. 누구라도 능히 추측 가능한 일이었음에도 노사가 놀란 데엔 이유가 있었다.

"놈들은 이미 오래전에 궤멸되었습니다. 잔당이라고 할 만한 숫자조차 남지 않은 채 싹 쓸려 나갔지요."

"하지만 핵심 인사는 살아남았지. 그건 누구보다도 노사가 잘 알지 않소?"

무백노사는 입을 다물었다. 백진율의 말이 사실이었던 까닭이다.

"노사의 사형제……. 필시 아직까지도 살아 있으리라 생각되오만."

"예, 그 찰거머리 같은 놈은 분명 지금껏 명줄을 유지하고 있을 것입니다."

"그렇다면 그곳에 있겠군. 지금쯤 적시운과 함께."

"……."

무백노사의 얼굴이 여러 형상으로 일그러졌다. 기나긴 세월이 아로새겨진 주름에 셀 수 없이 많은 감정의 골이 생겨나고 사라졌다.

'너냐, 순천자. 네가 바로 이 모든 일의 원흉이었더냐? 네가 그 조선인 애송이를 천마로 키워낸 것이냐?'

진실은 알지 못한다. 어쩌면 순천자와 적시운 사이에 아무런 연관 관계가 없는지도 모른다.

하지만 한 가지만은 분명했다. 순천자가, 놈이 다시 자신의 앞에 나타나리라는 것. 가슴팍에 칼을 박아 넣었던 수백 년 전의 그날처럼.

"나는 적시운을 쓰러뜨릴 거요, 노사."

백진율이 먼 허공을 응시하며 말했다.

"당신과 약속했기에. 그것이 맹주로서의 내 의무라고 당신이 말했기에."

"맹주……."

"그러니 노사도 최선을 다하시오. 나의 선택이, 노사에 대한 내 믿음이 틀리지 않았음을 증명하시오."

침묵 속에서 백진율을 바라보던 무백노사가 입을 열었다.

"응당 그럴 것입니다."

"아미타불이 출격했습니다."

"아미타불?"

"천무맹주 전용 기함입니다. 중국 정부가 만들어낸 최강의 전투 비행함이기도 하지요. 그게 출격했다는 건 천무맹주가 본격적으로 정벌에 나섰다는 의미입니다."

"그게 출격했다는 정보는 어떻게 입수했지?"

"기함 내에 첩자를 심어놓았지요."

순천자의 대답에 적시운은 타성적으로 고개를 끄덕였다.

"하긴 그렇겠군."

여하간 적시운으로서도 선택의 순간이 온 셈이었다.

5

“아미타불이라…….”

중생들을 서방의 극락정토로 인도한다는 부처. 쓴웃음이 절로 나오는 이름이었다. 순천자도 마주 고소를 머금었다.

“해당 기함엔 소국 하나를 충분히 쓸어버리고도 남을 고폭탄과 전투 병기가 적재되어 있습니다. 실로 고약하기 짝이 없는 작명이지요.”

“모조리 죽여 없애는 게 극락정토로 보내는 일이라는 걸까?”

“모릅니다. 정확한 의도는 이름을 지은 당사자만이 알고 있겠지요.”

“무백이란 늙은이 말이지?”

“그렇습니다.”

“그자가 당신의 사형제라고 했었지?”

순천자가 씁쓸한 표정으로 고개를 끄덕였다.

“그는 제가 만들어낸 괴물입니다. 어설픈 동정심과 증오가 화산의 도사 현원자를 천무맹의 무백노사로 만들어버렸습니다.”

“왜 그를 죽이지 않았지?”

"증오 때문이었지요."

순천자의 눈에 회한의 빛이 어렸다.

"현원자는 심대한 중상을 입었습니다. 하단전과 중단전이 상하고 몸 곳곳의 힘줄이 끊어졌지요. 때문에 살아남는 것이 고통이리라 생각했습니다."

"일부러 죽이지 않았다는 거군. 평생을 고통 속에서 살라고 말이야."

"예, 제 혈족을 말살한 그자에게 있어 죽음은 너무나 가벼운 처벌이라고 생각했습니다."

"설마 그자가 상처를 회복할 거라고는 생각하지 못하고 말이지."

"예."

순천자의 얼굴에 그늘이 드리웠다.

"그렇기 때문에라도 저는 사형과의 악연에 종지부를 찍을 생각입니다. 부디 저를 당신의 수족으로 부리는 것을 주저하지 말아주십시오."

고개를 끄덕인 적시운이 장로들을 돌아봤다.

"당신들도 같은 생각인가?"

"대장로의 여한이 곧 저희의 여한."

"저희 또한 대장로에게 목숨을 맡겼나이다."

적시운은 마지막으로 엘레노아를 돌아봤다. 그녀가 촉촉이

젖은 눈으로 고개를 끄덕였다.

"좋아, 그러면."

적시운은 심호흡을 하고서 말했다.

"천마신교는 천무맹을 완전히 끝장낼 것이다."

"지존의 명을 받잡나이다."

장내의 모두가 깊이 부복했다.

천무맹의 배후를 급습한다. 그렇게 가닥을 잡고 난 다음은 구체적인 계획을 짤 차례였다. 가장 시급한 건 역시 수송 수단.

망원곡에서 한반도까지는 최단 거리로 잡아도 1천㎞ 이상. 전력으로 내달리면 금방 도달할 거리였으나 이는 어디까지나 적시운을 기준으로 할 때의 얘기였다.

"그 점은 염려 마십시오."

자리에서 일어난 순천자가 적시운을 안내했다.

천마궁의 뒤편. 인위적으로 만들어진 동굴 안에는 거대한 공동이 존재했다. 그리고 그곳에 격납되어 있는 대형 비행함. 척 봐도 수백 병력을 충분히 수용하고도 남을 규모였다.

"이건……."

“천마신교의 유일한 기함인 ‘삭월(朔月)’입니다. 천무맹의 아미타불과 거의 동일한 스펙을 지닌 비행 전투함이죠.”

“거의 동일하다고?”

“예, 삭월은 아미타불의 설계도를 빼돌려 그대로 본뜬 함선입니다.”

“그것도 아까 말한 첩자가 한 일인가?”

“당시의 첩자지요. 조금 전 정보를 보내온 친구와 동일 인물은 아닙니다. 설계도를 빼낸 것은 지금으로부터 5년도 더 된 일이니까요.”

순천자의 얼굴에 그늘이 드리웠다. 아마도 당시의 첩자는 살아남지 못한 듯싶었다.

“러시아가 붕괴하는 과정에서 상당수의 과학자와 기술자들이 외국으로 망명했습니다. 그중 적지 않은 숫자와 연이 닿을 수 있었지요. 삭월은 오랜 인연을 쌓아온 동도들의 노력이 총집결된 비장의 병기입니다.”

“아미타불의 설계도를 그대로 사용했다면, 제원까지 완전히 동일한 건가?”

“그렇지는 않습니다. 아무래도 자원과 인력의 한계가 있는지라……. 그래도 크게 뒤지지 않으리란 것만은 자부할 수 있습니다.”

적시운은 고개를 끄덕였다. 병력을 운송할 수만 있어도 충분한 마당에 최고 기함급의 전투력까지 갖췄다니 더할 나위가 없었다.

"출정 준비는 언제까지 마칠 수 있겠어?"

"물자와 병기는 이미 적재해 두었습니다. 무사들의 탑승도 1시간 내로 완료될 것입니다."

그리고 한반도까지의 거리는 대략 1천㎞. 길어야 두 시간이 되기 전에 도착할 수 있을 터였다.

그렇다면 남은 과제는 하나뿐.

"어떤 식으로 놈들의 배후를 치느냐는 거군."

"일단 지휘실로 가서 얘기하시지요."

적시운은 순천자를 따라 삭월에 승선했다. 두 사람이 향한 곳은 지휘실. 온갖 첨단 장치로 도배된 계기판과 모니터들이 줄지어 배열되어 있었다.

"이게 바로 22세기의 천마신교라 이거지."

"시대의 흐름에는 순응해야 하는 법이니까요. 과학, 이능력, 무공……. 필요하다면 뭐든 받아들이고 익힌다. 그것이야말로 천마께서 주창하신 개념과 일맥상통한다고 생각합니다."

"천마라는 이름은 역시 당신한테 더 어울리는 게 아닐까 싶은걸."

적시운의 말에 순천자는 빙긋 웃기만 했다.

천마신교의 무사들은 갑작스러운 전투준비 발령에도 침착

하게 움직였다. 이 순간을 아주 오래전부터 준비해 왔다는 것이 새삼 실감이 났다. 그 사실을 생각하니 조금은 씁쓸한 면도 없잖아 있었다.

'내가 차원을 넘어 당신을 만나고 돌아오지 않았다면 이들은 하염없이 천마를 기다려야 했겠지?'

[흠.]

'생각해 보면 오늘 이때까지 긴 세월을 인고했을 거란 말이지. 천마가 정말 돌아오리라는 기약조차 없이.'

[순천자 말이로군.]

'그래.'

육체를 바꿔가며 수백 년을 버틴다. 다시 나타날지 말지 기약조차 없는 주군을 기다리며.

적시운으로선 엄두조차 내지 못할 일이었다. 그렇기에 내심으로는 순천자에 대한 존경심마저 느껴지는 것이었다.

[뭐, 복잡하게 생각할 필요는 없지 않겠나? 자네가 나타남으로써 순천자는 오랜 비원을 이뤘지. 자네는 천무맹에 대적하기 위한 강력한 우군을 얻었고. 서로서로 좋게 풀렸으니 잘된 일 아니겠나?]

'그렇긴 하지.'

적시운이 문득 고개를 돌렸다. 함교 아래, 탑승 중인 무사들에게 명령을 내리던 엘레노아가 적시운을 돌아보고는 미소를 지었다. 하지만 적시운의 시선은 그녀보다는 무사들에게 주로 머물고 있었다.

'전투 요원이 하나같이 어린 것 같은데.'

[본좌가 통치하던 시절에도 대체로 그랬었네. 고급 인력들은 그만큼 추격당하고 사냥당하는 경우가 많아서, 결국 남는 것은 극소수의 핵심 인력과 어린 아해들뿐이었지.]

'그 정도로 세력 간의 전력 차가 확연하다는 뜻이겠지?'

[흥, 놈들은 그저 수가 많을 뿐일세. 예전에도 그랬고, 지금도 마찬가지네.]

'어찌 되었든 놈들이 우세한 건 사실이야.'

[그 간극을 줄이는 게 천마의 역할이 아니겠나?]

천마가 진지한 어조로 말을 이었다.

[자네가 스스로를 어찌 여기는지는 중요하지 않네. 본좌가 본디 이쪽 세계에 속한 자가 아니라는 사실도.]

'그렇다면 뭐가 중요하지?'

[자네가 지닌 힘으로 무엇을 할 수 있는가, 자네가 저들에게 어떤 존재가 되어줄 것인가. 중요한 것은 결국 그것이네.]

'어떤 존재가 되어줄 것인가…….'

[뭐, 그게 좀 복잡하다면 단순화하면 그만일세. 그러니까…… 일단은 백진율과 무백이란 놈을 조져 버리는 거지.]

피식하는 실소가 절로 흘러나왔다.

'그래, 당신 말이 맞아.'

[본좌야 뭐 언제나 옳지 않던가?]

'아니, 그건 아냐.'

[……꼭 잘 나가다 초를 치는구먼.]

빠악!

촤르르륵!

자갈이 가득한 해변. 흉부를 강타당하고서 미끄러진 각나찰이 악귀처럼 얼굴을 일그러뜨렸다.

"빌어먹을 조선 놈이!"

"빌어먹을 중국 놈을 두들겨 패고 있지."

담담하게 받아친 임성욱이 자갈을 발끝으로 차냈다. 탄환처럼 각나찰에게 날아든 자갈은 창야차의 비사문천에 의해 양단되었다.

"개인플레이로는 이길 수 없다. 마음에 들진 않더라도 협공을 해야 해!"

"닥쳐! 네놈과 협력하느니 죽는 것이 낫다!"

"그럼 좀 죽지그래?"

차례로 이어지는 창야차, 각나찰, 임성욱의 한마디. 안 그래도 악에 받쳐 있던 각나찰은 눈이 뒤집힐 지경이 되었다.

"죽인다!"

퍼엉!

자갈밭을 박찬 각나찰이 포탄처럼 쇄도했다. 그가 차낸 자갈들이 볶은 콩처럼 사방으로 튀었다. 무시무시한 돌격에 임성욱도 내심 긴장하고서 맞섰다.

쾅! 쾅! 쾅!

권장지각이 충돌할 때마다 해변이 흔들렸다. 각나찰은 육체적 부하를 감수하면서까지 임성욱을 몰아붙였고, 창야차는 틈이 생길 때마다 비사문천을 찔러 넣었다.

'슬슬 때가 되었다.'

임성욱은 다시 한번 육체의 기질을 변화시켰다. 지금까지 태산의 기질로써 방어에 치중했다면 이번엔 몰아치는 바람처럼 가볍고도 날랜 기질이었다.

"네놈!"

이질감을 느낀 각나찰이 버럭 소리쳤다. 임성욱은 가운뎃손가락을 내밀어 보이고는 그대로 몸을 돌려 내뺐다.

"죽일 테다!"

"잠깐, 각나찰! 뭔가 수상하다!"

각나찰은 대꾸조차 하지 않고서 신형을 날렸다. 창야차는 오만상을 찌푸리면서도 그의 뒤를 따랐다. 자칫 홀로 보냈다가 각개격파라도 당하면 낭패였던 것이다.

"그쪽은 어떻게 되었나?"

통신기로 물으니 수하들이 대꾸했다.

-놈들이 다리를 버리고 퇴각했습니다. 현재 추격 중에 있습니다.

"그쪽 놈들도?"

창야차의 표정이 한층 일그러졌다. 전형적인 유인책의 흐름이었던 것이다. 하지만 이제 와 멈출 수도 없었다. 게다가 설령 유인책이라 하여도 전체적인 병력은 여전히 이쪽이 우세했다.

'그렇다면 차라리…….'

창야차는 진도 내륙에 주둔 중인 병력에도 출격 명령을 내렸다. 기간틱 아머와 전차들을 모조리 불러와 힘으로 짓누르겠다는 계산이었다.

그리고 그것은 동백 연합 측이 기다리던 움직임이었다.

"진도에 주둔 중이던 본 병력이 움직이기 시작했습니다."

동백섬 카멜리아 타워 내의 지휘실.

오퍼레이터의 보고에 임장규는 고개를 끄덕였다. 군사위성을 이용하는 것은 비단 천무맹뿐만이 아니었다. 부산 역시 오래전부터 이러한 경우를 대비하여 독자적인 다목적 위성을 운용해 오고 있었다.

"다들 들으셨는가? 놈들이 움직이기 시작했다는군."

-확인했습니다, 어르신.

-저희도요.

각각의 통신 채널을 통해 들려오는 대답들. 연합에 소속된 길드장들이었다.

"그럼 계획대로 움직여 주게나."

-예, 어르신.

-맡겨만 주십시오.

진도로 향한 것은 비단 임성욱 일행만이 아니었다. 동백 연합 소속의 최정예 길드원들 또한 독자적으로 이동에 나섰고 진도와 해남을 잇는 지점에 자리를 잡은 상태였다. 그럼에도 그들이 천무맹 측 군사위성이 발각되지 않은 이유는 간단했다.

"우리가 잠수함을 운용하고 있으리라고는 상상도 못 했을 테지."

모니터에 표시되는 광점들. 진도와 해남 사이의 해협 속에서 반짝이는 점은 모두 고속 잠수정을 나타내는 것이었다.

아쉽게도 전부 재래식 잠수함. 그래도 병력 수송을 담당하기엔 부족함이 없었다. 더군다나 원자력 잠수함에 비해 발각

될 위험성도 낮았다.

이것이야말로 부산이 준비해 둔 한 방. 해협에 자리 잡은 암살자라 할 수 있었다. 그리고 천무맹의 병력은 하나의 예외도 없이 해협을 통과해야 하는 입장이었다.

제49장
전면전

1

진도 내륙을 벗어난 대병력은 얼마 지나지 않아 해협에 당도했다. 해협을 건너가는 유일한 루트였던 진도대교는 파손된 뒤였기에 애초부터 고려하지 않았다. 굳이 다리를 찾지 않더라도 해협을 건널 방법은 무궁무진했던 것이다.

"교량 전차를 대령하라!"

접이식 다리와 크레인이 장치된 대형 전차들이 전면으로 나섰다.

기이이잉!

각각 20m 길이의 접이식 교량을 얹은 전차들이 일직선으로

도열했다. 각각의 교량 파트들이 전차들의 위에서 합체되었다.

이윽고 수백 m에 이르게 된 대형 교량은 컨베이어 벨트처럼 앞쪽으로 전달되었다.

쿠웅.

교량 끄트머리가 해협 반대편에 닿을 때까지 소요된 시간은 20분이 채 안 됐다.

해협의 폭을 감안하면 무척이나 짧은 시간이었다. 같은 식으로 동시다발적으로 건설된 교량은 모두 4개. 졸지에 해협 위로 4차선 도로가 생겨난 셈이었다.

"전진하라!"

쿠구구구.

중국군의 주력 전차인 '비창'이 선봉에서 전진했다. 그 뒤를 양산형 기간틱 아머인 '철기군'이 뒤따랐다. 각 교량의 무게 한도가 시공을 통해 만들어진 다리에 비해 낮았기 때문에 각 병기들은 거리를 벌린 채 이동했다.

선봉대가 반대편으로 건너가고 적지 않은 병력이 교량 위에 올랐을 무렵.

촤아아아.

교량의 바로 아래, 거친 물살 사이로 잠수함의 함수와 망루가 모습을 드러냈다.

"신나게들 건너가고 계시는구먼."

조종실에서 모니터를 관망하던 김계진이 씩 웃었다.

"그래, 첫 빠따는 누가 후리시겠는가?"

-제가 가죠.

소피 로난의 대답에 김계진의 미소가 짙어졌다.

"이름 그대로 되놈들도 오줌 좀 지리게 만들어주시구려."

-닥치세요.

그녀가 날카롭게 쏘아붙이는 가운데, 각 잠수함의 선수 아래에서 어뢰들이 발사됐다. 목표는 두 교량이 걸려 있는 지점의 절벽. 어뢰들이 발사되는 순간에도 천무맹 측은 기습에 대해 전혀 알아차리지 못했다.

콰과과광!

아무런 방해도 받지 않고 날아간 어뢰가 절벽의 하부를 때렸다. 폭발과 함께 절벽이 와르르 무너져 내렸다. 자연히 그 위에 걸려 있던 교량이 절벽 아래로 추락했다. 이동 중이던 전차와 기간틱 아머 역시.

첨벙! 촤아악!

대규모의 추락으로 인해 대량의 물보라가 솟구쳤다. 천무맹 측은 그제야 뭔가가 잘못됐다는 것을 깨달았다.

"무, 무슨……?"

"적습입니다! 적이 교량을 노리고 폭격을 가했습니다!"

"그 많은 위성은 대체 뭘 하고 있었던 건가!"

"그것이……."

정찰용 비행 드론들이 뒤늦게 습격자를 잡아냈다. 모니터 위로 잠수정의 선수가 비쳤을 때, 중국군의 장교들은 너 나 할 것 없이 신음을 토했다.

"잠수함이라니!"

마수들이 바다를 집어삼킨 이후로 잠수함을 비롯한 수중 병기는 도태일로를 걸었다. 가장 뛰어난 핵잠수함도 S급 해저 마수의 한 끼 식사밖에 되지 못했던 것이다.

자칫하면 내장된 핵으로 인해 마수들만 강화시켜 주는 꼴이 될지도 모르는 일. 그 점에 위기감을 느낀 각국 정부는 잠수함의 운용을 사실상 포기해 버렸다.

어찌 보면 지레 겁먹은 것이라 봐도 좋았다. 때문에 중국군은 잠수함의 가능성을 미처 생각하지 못했다. 운용하기에 따라 얼마든지 쓸 방안이 있음에도.

"멍청한 친구들 같으니. 조금만 짱구를 굴려도 방법이 있거늘."

김계진이 싱글거리는 사이 다른 길드장들은 행동에 나섰다.

기이잉…… 철컹!

활짝 개방된 해치를 통해 동백 연합의 길드원들이 솟구쳤다. 전차와 기간틱 아머가 주를 이루는 중국군과 달리 전원 중형 병기를 갖추지 않은 보병들. 그러나 그들 모두는 최정예의 마수 사냥꾼이었다.

"가자!"

동백 연합 소속 길드 블랙 로즈의 마스터, 소피 로난이 앙칼지게 소리치며 허공을 박찼다. 염동력자들의 지원을 받은 길드원들이 삽시간에 절벽 위로 날아올랐다.

중국군은 여전히 우왕좌왕하는 중. 바로 앞에서 상당수의 병력이 수몰되어 버린지라 제정신일 수가 없었다.

"핫!"

소피가 본인의 이능력을 발동했다. 강화계 이능력 중에서도 손꼽히는 능력인 속력 강화. 그녀의 신형은 섬전이 되어 기간틱 아머 사이로 스쳐 지나갔다.

서걱!

놀랍게도 강화 합금으로 이루어진 장갑이 깔끔하게 잘려 나갔다.

졸지에 팔다리가 잘려 나간 기간틱 아머들이 기우뚱 허물어졌다.

우우우웅!

그녀의 양 손아귀 위에서 칼날이 연신 진동하고 있었다. 초진동을 이용해 절삭 능력을 극대화한 병기, 초음파 커터였다.

그 절삭력은 이온 블레이드 이상. 게다가 어느 정도의 요령만 있으면 베고 들어갈 때의 반동도 적으니, 스피드스터인 그녀에게 있어선 최상의 무기라 할 수 있었다.

"그대로 뭉개 버려!"

뒤따라 들어간 길드원들이 중국군을 밀어붙였다. 맨몸으로 중형 전차와 씨름하는 게 가능한 탱커들. 그리고 소피와 마찬가지로 어지간한 합금쯤은 종잇장처럼 분쇄할 수 있는 근접 대미지 딜러들이었다.

해협 반대편에 자리 잡은 원거리 딜러와 서포터들이 지원에 들어갔다. 최첨단 병기인 플라즈마 라이플(Plasma Rifle)로 무장한 저격수들이 방아쇠를 당겨댔다. 초고온의 탄환은 허공을 가르며 날아가 전차들을 꿰뚫었다.

이능력자들의 공격력 또한 만만찮았다. 앞서 해협은 건너갔던 소수의 병력은 염동력자와 화염술사들에 의해 구워진 깡통 신세가 되어버렸다.

후방의 지휘소에 있던 장교들의 얼굴이 하얗게 질려갔다.

"큭! 이능력 억제장을 펼쳐! 저 망할 놈들의 힘을 봉쇄해라!"

"불가능합니다! 억제장 전개 장치를 탑재한 전차들이 교량과 함께 해협에 빠졌습니다!"

"그럼 어떻게든 건져내서라도……!"

삐빅.

레이더에 잡히던 광점들이 사라졌다. 모니터를 바라보던 오퍼레이터의 낯빛이 파랗게 질렸다.

"해협에 빠진 기갑 병력이 어뢰에 피격당했습니다."

"큭!"

단순히 물에 빠졌다고 해서 무용지물이 될 만큼 현대의 기갑 병력은 어설프지 않았다. 하지만 물속에선 움직임과 방어 체계가 한정될 수밖에 없었다. 그런 기갑 병력쯤은 어뢰와 폭뢰로 무장한 잠수함에게 있어 간식거리 이상은 되지 못하는 게 당연했다.

지상 병력 역시 빠르게 와해되기 시작했다. 장교들이 이러지도 저러지도 못하는 사이, 창야차로부터 연락이 들어왔다.

-보고하라. 본대는 해협을 건넜나?

"그, 그것이……!"

설명하지 않더라도 어조부터가 많은 것을 말해주고 있었다. 창야차의 음성에 노기가 깃들었다.

-무슨 일이냐!

"놈들에게…… 제대로 당하고 말았습니다."

더듬더듬 설명을 늘어놓는 장교. 설명을 다 마치기도 전에 창야차가 버럭 소리쳤다.

-병력을 물려! 일단 퇴각한 후에 재정비를 하란 말이다!

장교들이 이를 악물었다. 그게 쉬운 일이었다면 그들이 이렇게 패닉 상태에 빠지지도 않았을 것이다.

“놈들이 내버려 두질 않을 겁니다. 현재로선 추격을 뿌리치는 게 불가능에 가깝습니다.”

-머저리 같은 놈들!

일갈을 토한 창야차가 그대로 통신을 끊었다. 그러는 사이에도 중국군 병력은 빠르게 분쇄되고 있었다.

“빌어먹을!”

“각나찰!”

창야차의 음성은 거의 사자후나 다름없었다. 그렇기에 눈이 뒤집힌 채 임성욱을 뒤쫓던 각나찰도 마냥 무시하지는 못했다.

“뭐냐!”

“아군 본대가 위험하다! 당장 합류하여 지원해야 해!”

“부하들을 보내면 되잖아! 나는 저놈을 죽이고야 말 것이다.”

“멍청한 자식! 놈이 노리는 게 뭔지 아직도 모르겠나? 놈은 지금 우리를 전장에서 최대한 떨어뜨리려 하고 있단 말이다!”

창야차의 일갈에 각나찰이 움찔했다. 그러나 그 말을 납득하고 받아들이는 대신 분노했다.

"닥쳐라! 네놈의 말 따윈 듣지 않겠다!"

"이런 정신 나간……!"

"네놈이라도 지원하러 가면 될 것 아니냐!"

그렇게 쏘아붙인 각나찰이 다시 신형을 날렸다. 창야차로서도 더 이상은 참을 수가 없을 지경이었다.

"빌어먹을 개자식. 그래, 좋다. 뒈지고 싶다면 마음대로 해라!"

창야차는 각나찰을 내버려 두고서 본대 쪽으로 방향을 돌렸다. 동시에 야차군과 나찰병에도 지원 명령을 내렸다.

-무공을 익힌 특수 병사들이 그쪽으로 갈 겁니다. 각별히 유의하십시오!

임성욱의 목소리가 길드장들의 인이어(in-ear) 통신기로 전달됐다. 신속의 영역에서 기갑 부대를 베어 넘기던 소피가 대화를 위해 전장을 잠시 이탈했다.

"그 무공이라는 게 정확히 뭐죠, 의장님?"

-육체 강화형 이능력과 비슷하다고 보시면 됩니다. 근본을 이루는 에너지원은 다르지만 말입니다.

"맞붙는다면 어떻게 될까요?"

-육체를 매개체로 힘이 발현되는 경우라면 단순합니다. 예컨대 버서커와 외공을 펼친 무사가 격돌한다면 보다 강한 물리력을 지닌 쪽이 우세하겠죠.

"그렇지 않을 수도 있다는 건가요?"

-자연적 에너지…… 라고 해야 할까요? 그 경우엔 조금 복잡합니다. 예컨대 화염술사가 적의 체액을 가열하려 든다면 심후한 내공을 지닌 무인이라도 무공만으로는 방어할 수 없습니다. 그 반대의 경우도 마찬가지고요.

"좀 쉽게 말씀해 주실 수 없어요?"

-그냥 가능하면 그들과 접촉하지 마십시오. 간단한 접촉만으로도 내상을 입게 될 겁니다.

"알겠어요."

-이건 어디까지나 본론적인 차원에서의 얘기고, 실제로는 여러분이 불리할 겁니다. 저들에겐 이능력 억제 장치가 있으니까요.

전차에 탑재된 장치들은 죄다 바닷물에 쓸려갔다. 그러나 고급 병력의 경우엔 휴대용 억제 장치를 지닌 경우도 많았다.

위력은 크지 않지만 근접전에서라면 충분히 효율적인 장비. 천무맹 12강의 직속 무사쯤 된다면 휴대하고 있을 가능성이 매우 컸다.

"쉬운 싸움은 아니라는 거네."

나직이 중얼거리는 소피의 시선이 해협 너머의 동쪽으로 향했다. 야차군과 나찰병이 흙먼지를 일으키며 진격해 오고 있었다. 저대로 내버려 두다간 서포터와 원거리 딜러들이 배후를 급습당하게 될 터였다.

그녀는 귓속의 통신기를 손가락으로 꾹 눌렀다.

"다들 의장님 얘기 들으셨죠? 괜찮다면 제가 총지휘를 맡았으면 하는데요."

-음! 소피 길드장이라면 믿을 수 있지.

"……안 어울리게 왜 그러세요, 김계진 길드장님?"

-내사마 소피 길드장한테 장난을 좀 치긴 했어도 얕잡아 보거나 허접하다고 생각한 적은 단 한 번도 없수다.

"……일단은 고맙다고 해두죠. 어쨌든 다들 제 지휘에 따라주시는 걸로 알겠습니다."

그녀는 잠시 전황을 살피고서 명령했다.

"블랙 로즈 길드원들만 날 따라와. 나머지는 현 위치를 고수한다."

20여 명의 길드원이 훌쩍 날아 해협을 건넜다. 해협 너머의 인원은 이미 적습에 대비하고 있었다.

"좋아. 다들 마수 웨이브는 경험해 봤겠지?"

압도적인 물량을 지닌 마수들의 파상공세. 이를 대체로 웨이브라고 지칭했다.

"그거랑 비슷한 식이라고 생각하자고. 근딜이랑 탱커들은 놈들과 최대한 접촉하지 않게끔 주의하고."

명령을 내리면서도 과연 그게 가능할지 의문이 들었다.

'그렇더라도 해보는 수밖에.'

2

"하!"

창야차의 오른팔이자 야차군의 부장인 무당신권(武堂神拳) 최렴은 냉소를 터뜨렸다. 자신들에게 맞서려고 진형을 짜는 조선인들을 본 까닭이었다.

엄밀히 말하자면 조선인이라 할 수는 없었다. 검은 놈에 뻘건 놈에 허여멀건 놈까지, 꽤나 다채로운 인종으로 이루어져 있었으니까. 당장 통솔자로 보이는 계집부터가 주근깨 가득한 진저(Ginger)였다.

물론 이러한 사실들은 그다지 중요하지 않았다. 중요한 점은 저것들이 터럭만큼의 무공도 익히지 못한 잡놈들이라는 것뿐. 그리고 야차군은 이능력에 대한 대비를 갖추고 있다는 점이었다.

"그대로 꿰뚫는다!"

최렴이 소리쳤다. 야차군이 기계적인 동작으로 어린진(魚鱗

陣)을 펼쳤다. 중앙이 돌출되어 적을 꿰뚫고 들어가는 형세. 동시에 각각의 무사가 휴대용 이능력 억제장을 가동했다. 완벽에 가까운 돌격 진형은 그렇게 완성됐다.

'막아낼 수 있다면 막아봐라!'

최렴이 의기양양해하고 있을 무렵, 소피 또한 벼락처럼 명령을 내리고 있었다.

"전술형 EMP를 준비해!"

서포터들이 등허리에서 큼직한 기계장치를 끌렀다. 전파 연구소의 안테나를 축소해 놓은 듯한 장치가 야차군을 겨냥했다.

"발사!"

소피의 외침과 함께 장치가 가동되었다. 눈에는 보이지 않는 저릿한 파장이 야차군을 관통하고 지나갔다.

"설마……?"

가슴 한복판에 돌연 비수가 날아와 꽂히는 기분. 그러나 이제 와서 돌진 명령을 무를 수는 없었다. 멈추거나 비켜 가기엔 쌍방의 병력이 너무나 근접해 있었다. 동백 연합의 탱커들과 야차군이 충돌했다.

쿵!

거대한 충격파가 사위를 흔들었다. 어지간한 기갑 병력의 돌진력마저 상회할 정도의 충격량에 대지가 부르르 떨렸다. 그러나 스크럼을 짠 탱커들의 진형은 무너지지 않았다.

"억제장이……!"

"발동되지 않았다!"

야차군의 낯빛이 거멓게 죽었다. 최렴도 뒤늦게 상황을 파악하고서 이를 갈았다.

"빌어먹을!"

이능력 억제장은 첨단 테크놀로지의 산물. 이름 그대로 이능력자에 대한 완벽에 가까운 억제 체계였다.

그러나 결코 난공불락의 만능 기술은 아니었다. 모든 기술과 능력이 그러하듯 필연적인 약점이 존재할 수밖에 없는 일. 태생적이기에 고칠 수도 없는 그 약점이란 결국 전자 장치라는 사실이었다.

그리고 EMP, 즉 전자기 펄스는 현존하는 모든 전자 장비에 대한 사형 선고. 전자기파인지라 제대로 겨냥당한 이상은 피한다는 게 사실상 불가능했다.

더불어 상쇄하거나 소멸시키는 것 역시 어려웠다. 동백 연합은 이능력 억제장에 대한 가장 확실한 수단을 준비해 온 것이었다.

"너희 뜻대로만 상황이 풀릴 거라 생각했어?"

혼잣말을 중얼거린 소피가 탱커들에게 명령했다.

"밀쳐 내기 위주로 방어해! 무슨 일이 있어도 스크럼이 깨어져선 안 돼!"

충격에서 벗어난 최렴도 이에 질세라 고래고래 소리쳤다.

"놀랄 것 없으니 평소처럼 공격해라! 제아무리 근육 덩어리 놈들이라 해도 내상을 입으면 얌전해질 거다!"

태세를 정비한 야차군이 재차 짓쳐 들었다. 좀 전의 돌격이 쾌속에 치중했다면 이번에는 내실을 갖춘 공격. 막아낸다 치더라도 내상을 유발할 것이었다.

하나 동백 연합의 탱커들도 허수아비는 아니었다. 비록 내공의 흐름을 느끼거나 제어할 수는 없다지만, 육체적 능력만큼은 천무맹의 상급 무사에 비해서도 결코 뒤떨어지지 않았다.

탱커들이 회피 위주로 방어를 시작했다. 정 피하지 못할 공격은 개개인에게 지급된 특수 합금제 방패로 막아냈다.

더군다나 그들은 어디까지나 방패막 역할. 탱커들이 무사들을 저지시키는 동안, 배후에선 딜러와 서포터들이 준비를 마칠 수 있었다.

어떠한 방해도 받지 않고서.

"그대로 갚아준다!"

이능력과 탄환, 이온 블라스트로 이루어진 공격이 야차군을 덮쳤다. 회복 계열 및 변형계의 버프가 탱커들을 감쌌다.

결과적으로 밀리기 시작한 쪽은 도리어 야차군이었다. 뒤늦게 나찰병이 전투에 합류하였으나 대세를 뒤집기엔 턱없이 부족했다.

"크!"

최렴의 낯빛이 거무죽죽하게 변했다. 수월하게 이길 줄 알았던 전투가 예기치 못한 방향으로 흘러가게 된 것이다.

해협 너머의 기갑 병력의 사정도 신통치는 않았다. 오히려 그쪽은 이제 전멸을 걱정해야 할 판이었다.

최선의 수는 일단 물러나 재정비를 하는 것.

하지만 자존심이 이를 허락하지 않았다. 설령 자존심을 꺾고 물러나더라도 창야차가 묵과할 리 없었다.

"제기랄!"

단번에 판세를 뒤엎을 비장의 수가 필요했다. 아직 열세라고 할 정도는 아니니, 적당한 계기만 주어진다면 금세 적을 압도할 수 있을 것이었다.

'그렇다면!'

최렴이 신형을 날려 소피 로난에게로 쇄도했다. 지휘관인 그녀만 묶어둘 수 있어도 백중세를 확보할 수 있을 터. 나아가 쓰러뜨린다면 승기를 가져올 것이 분명했다.

"어딜!"

탱커들이 그를 막아서려 했다. 하지만 그 전에 소피가 벼락처럼 소리쳤다.

"내버려 둬! 내가 상대하겠어!"

"건방진 계집!"

최렴의 얼굴이 새빨갛게 달아올랐다. 무공도 익히지 못한 일개 계집 따위가 자신을 상대하겠다니. 도저히 용납할 수 없는 일이었다.

"네년에게 진정한 격이란 게 무엇인지를 가르쳐 주마!"

"어디 해보시지!"

육체를 가속시킨 소피가 진형 바깥으로 빠져나갔다. 서포터와 딜러들에게 피해를 주지 않겠다는 뜻. 그 속셈이 뻔했지만 최렴은 넘어가 주기로 했다.

"하! 속도 강화 능력자란 말이지?"

무당의 정통 경공인 오행제운(五行悌雲)을 펼친 최렴이 소피의 뒤를 추격했다. 그 스피드는 트리플 B 스피드스터인 소피를 가벼이 능가하는 수준이었다.

"하앗!"

최렴이 태극복마권(太極伏魔拳)의 초식을 펼쳤다. 소피는 아슬아슬하게 방향을 꺾어 권풍을 피했다. 하지만 그 여파만으로도 배 속이 뒤틀리는 것을 느꼈다.

"칫!"

소피는 바닥을 짚고 텀블링을 하며 초음파 커터를 던졌다.

"느려 터진 장난감이군!"

광소를 터뜨린 최렴이 간단한 조공만으로 손잡이를 낚으려 했다. 그것을 본 소피가 재빨리 손아귀를 뒤로 잡아당겼다.

서걱!

돌연 칼날이 뒤로 당겨지며 최렴의 손아귀를 스쳤다. 놀랍게도 호신강기를 두른 손바닥 쩍 갈라졌다.

"뭣……!"

흠칫 놀라는 최렴. 그러나 이내 정황을 파악했다. 초음파 커터의 손잡이 부분에는 은사가 연결되어 있었다. 소피는 그것을 통해 단검을 끌어당긴 것이었다.

"그래봤자 요행일 뿐. 두 번은 통하지 않는다."

"통할지 아닐지는 두고 봐야지."

소피의 대꾸에 최렴의 미소가 일그러졌다.

"멍청한 계집. 생채기 좀 냈다고 눈에 뵈는 게 없나 보구나."

"뵈는 것 많은데? 최소한 네 낯짝이 얼마나 역겨운지는 잘 알겠는걸."

"빌어먹을 년, 제압한 다음에는 우선 그 주둥이부터 세로로 찢어주마."

"친절도 하셔라. 나는 제압이고 뭐고 할 것 없이 널 죽일 생각인데."

"하! 조금 성가신 날파리가 온종일 왱왱거린다고 해서 대호를 죽일 수 있을 것 같으냐?"

소피는 대답 대신 가운뎃손가락을 내밀어 보였다. 최렴은 악귀 같은 얼굴로 그녀를 향해 몸을 날렸다.

"죽여주마!"

"너나 죽어, 멍청아!"

제3의 목소리가 돌연 끼어들었다. 동시에 큼지막한 칼날이 최렴의 시야를 가득 채웠다.

"큭……!?"

최렴은 급히 몸을 틀어 회피했다.

쐐애액!

거대한 칼날이 압도적인 파공음을 토하며 스쳐 지나갔다. 주변의 공기가 칼날에 쓸리며 회오리를 만들었다.

"에잉, 아까워라. 조금만 빨리 휘두를걸."

"그냥 소리를 지르지 않았으면 됐을 거라 본다만."

경쾌한 여성의 음성과 차분한 남성의 목소리였다. 얼굴을 굳힌 최렴이 급히 거리를 벌렸다.

'좀 전의 검격……!'

단순히 빠르기만 한 게 아니었다. 칼날 전체에 실려 있던 묵직한 경력은 분명 심후한 내공을 바탕으로 한 것이었다.

'한데……!'

최렴의 두 눈이 충혈됐다. 그 심후한 내공의 주인을 똑똑히 확인한 까닭이다.

"금발 벽안의 계집이라니!"

"응? 지금 뭐라고 했어?"

플래티나 바스타드소드를 어깨에 얹은 밀리아가 씩 웃었다.

"뭐 대충 깜짝 놀랐다는 뜻이겠지? 어쨌거나……."

소피를 돌아본 그녀가 말을 이었다.

"데몬 오더 길드가 도와주러 왔어. 감사 인사는 나중에 하셔."

"그러지. 어쨌든 저 머저리 좀 상대해 줄 수 있겠지?"

"응? 어, 으응. 그렇기는 한데……."

밀리아가 말끝을 흐리자 소피가 의아한 표정을 지었다.

"왜 그러는데?"

"사실은 고맙다는 말을 듣고 싶어서 저러는 거다. 어쩌면 울고불고 매달리기를 기대했는지도 모르지."

담담한 어조로 설명하는 이는 그렉이었다. 속내를 들킨 밀리아가 오만상을 찌푸렸고 소피는 피식 웃어넘겼다.

"그런 거였어? 다 아는 선수끼리 왜 그래? 나중에 술 한잔 살게. 음, 그러니까……."

"밀리아."

"좋아, 밀리아. 나는 소피 로난. 나중에 정식으로 크게 대접하지. 어때?"

"좋아."

고개를 끄덕인 소피가 주저 없이 몸을 돌렸다. 멍하니 지켜보던 최렴으로선 어처구니가 없는 광경이었다.

"네년! 날 죽인다고 하지 않았더냐!"

"응, 쟤들이 대신 해줄 거야."

"그, 그럼 네년은……!"

"멍청이, 모로 가도 서울만 가면 되는데 누가 죽이든 뭔 상관이람?"

"큭!"

뒤돌아선 소피가 느긋하게 손을 흔들었다. 안 그래도 부글부글 끓던 최렴의 눈이 홱 뒤집어졌다.

"죽여 버릴 테다!"

"아! 그거 내가 말하려 했는데!"

경쾌한 외침과 함께 칼날이 쇄도했다. 분노한 최렴이 권격으로 쳐 내려 했으나, 그러기엔 너무나 묵직한 일격이었다.

"제기랄!"

할 수 없이 크게 도약하여 밀리아를 뛰어넘었다. 그러고 나서 곧장 소피의 멱을 틀어쥘 생각이었으나…….

탕!

날카로운 총성이 귓전을 때렸다. 동시에 뜨끔하면서도 섬뜩한 느낌이 복부를 관통했다.

"큭……?"

최렴은 부릅뜬 눈으로 복부를 내려다봤다. 초인적인 반사 신경으로도 미처 대처하지 못한 탄환은 밀리아의 검과 마찬가지로 상당한 내공을 싣고 있었다.

'내공을 실은 저격이라니!'

당혹감으로 인해 탈색되는 머릿속. 생각을 정리하기도 전에 밀리아와 그렉이 쇄도했다.

"빌어먹을!"

할 수 없이 이를 악물고서 두 사람에게 맞섰다. 그때 또 한 발의 총탄이 최렴의 등허리를 꿰뚫었다.

전세는 착실하게 동백 연합 쪽으로 기울고 있었다. 내상을 입은 탱커가 많아지기 시작했지만 힐러 및 서포터들의 노력 덕택에 그럭저럭 버틸 수가 있었다.

창야차가 전장에 나타난 것은 바로 그 시점, 그는 경악한 눈으로 전장을 노려봤다.

"이게 대체 무슨 꼴이란 말인가!"

창야차의 심경 또한 최렴과 크게 다르지 않았다.

도대체 어느 누가 최강 천무맹을 상대로 우세를 점한단 말인가?

적시운이라는 괴물은 예외적인 존재라고 치부할 수 있었다. 천마의 후계자라는 놈이니 오히려 그쯤 하지 못한다면 이상할 것이었다.

하지만 무공을 익히지 못한 것들에게까지 밀린다는 것은 도저히 용납할 수 없었다.

"최렴!"

분노를 가득 담아 소리치는 창야차. 순간 대꾸라도 하듯 그를 향하여 날아드는 물체가 있었다. 피범벅이 된 최렴의 시체였다.

3

'지금부터가 마지막 페이즈(Phase)이려나.'

소총을 장전하며 헨리에타는 생각했다. 인간과의 전투도 마수 사냥과 크게 다를 것은 없었다. 오히려 어떤 면에선 보다 단순하다고도 볼 수 있었다.

흔히 인간이 마수보다 패턴이 복잡할 거라 생각하지만 그것은 오산. 마수를 야생동물로밖에 생각하지 못하는 이들의 착각이었다. 감정적인 면에 휩쓸리기 쉬우며 가치관이 편협하다는 점을 보면 인간은 마수보다도 단순한 상대라 할 수 있었다. 지금처럼.

"빌어먹을 놈들! 모조리 쳐 죽일 테다!"

고래고래 포효를 토해내는 창야차. 전장의 흐름을 홀로 거스르는 듯한 강맹한 기세. 천무맹 12강의 위명에 걸맞은 인상적인 광경이었다.

'적시운은 저런 괴물들을 쓰러뜨린 거구나.'

헨리에타가 직접 맞서본 12강은 황사룡뿐. 하나 지금 창야차가 보여주는 기염은 그때의 황사룡을 능가하고 있었다. 물론 황사룡은 방심하고 있었고, 창야차는 분노하고 있다는 점이 차이이긴 했지만.

여하간 지금부터는 단단히 긴장할 필요가 있었다. 창야차의 무력은 간신히 구축해 둔 우세마저 뒤엎을 정도였으니.

'그렇다면……!'

헨리에타는 주저 없이 방아쇠를 당겼다.

탕!

총구를 벗어난 탄환이 허공을 헤집으며 날아갔다. 그러나 창야차의 속도는 그 이상. 단번에 신형을 쏘아 총탄을 피했다.

"건방진 년!"

창야차의 시선이 해협 너머 2㎞ 거리에 있던 헨리에타의 시선과 교차했다.

'단번에 위치를 파악당했다!'

위험하다.

헨리에타는 엄호해 달라고 외치려 했으나 목소리가 잘 나오지 않았다.

이신전심이라 해야 할까. 다행히도 마음이 통했다.

“내가 맡을게!”

밀리아가 단숨에 창야차의 배후를 치고 들어갔다. 창야차는 돌아보지도 않고 손끝만 비틀어 비사문천을 내찔렀다.

카앙!

창날과 칼날이 부딪치고선 부르르 흔들렸다. 기세만 보자면 백중세. 창야차는 그제야 놀란 얼굴로 고개를 돌렸다. 밀리아는 웩 하고 헛구역질을 했다. 약간이지만 내상을 입은 것이었다.

외공을 통한 물리력은 동급이었으나 내공은 그렇지 않았다. 그렇더라도 창야차로선 놀랄 일이었지만.

“푸른 눈의 짐승 따위가……!”

“하는 짓거리는 너희가 짐승인데?”

바스타드소드를 살짝 당긴 밀리아가 재차 짓쳐 들어갔다. 창야차는 검신을 흘려내고 겨드랑이를 찌르려 했으나, 하필 그때 사각으로부터 총탄이 날아들었다.

‘공격에 집착하다간 탄환에 당한다!’

반사 신경이나 다름없는 판단. 창야차는 공격을 포기하고서 신형을 띄워 저격을 피했다. 그러고서 재차 헨리에타에게 쇄도하려 했으나 이번엔 그렉이 달려들어선 앞을 막았다.

"네놈은 또 뭐냐?"

비사문천을 내찌르며 묻는 창야차. 그렉은 대답 대신 금나수를 펼쳐 창대를 낚으려 했다.

"흥!"

시푸른 강기가 창대에 어렸다. 흠칫 놀란 그렉이 훌쩍 뒤로 물러났다.

"……!"

창대에 닿지도 않은 손바닥 살갗이 불에 탄 것처럼 데인 뒤였다. 그렉의 눈에 희미한 충격이 어렸다가 사라졌다.

"뭘 그렇게 놀라고 있어? 어차피 저런 놈인 건 알고 있었잖아!"

창야차에게 덤벼드는 동시에 소리치는 밀리아. 헨리에타도 재차 저격을 가했다.

"건방진 것들! 제법 잔재주는 있어 보이지만 내 상대는 되지 않는다!"

사자후를 토한 창야차의 눈빛이 이내 충혈됐다. 외국인 세 연놈이 자신을 묶어놓은 동안 벌어진 일을 파악한 것이다.

"배신자 년들!"

심자홍과 주작전 무사들이 전장에 합류했다. 야차군과 나찰병의 배후를 급습한 그녀들로 인해 망치와 모루의 형국이

완성됐다.

전후 양방향에서 밀어붙이자 천무맹 측 진형이 크게 비틀렸다.

초인적인 힘을 지닌 무인이라 해도 결국은 인간. 연대 단위의 병력이 육박전을 벌이는 이상 진형의 영향을 받지 않을 수가 없었다.

게다가 주작전의 전력은 나찰병이나 야차군에 비해서도 떨어지지 않았다. 오히려 개개인의 능력은 근소 우위에 있다고 봐도 좋았다. 거기에 그간 당한 것이 있다 보니 분기탱천한 상황. 연이은 변수로 당혹감에 빠진 천무맹 측과는 정반대였다.

그러한 변수들이 더해져 빠르게 전세를 치닫게 만들었다.

"주작전주님의 원한!"

"오늘 이 자리에서 풀겠다!"

여인들의 살의는 서릿발 같았다. 일말의 손속조차 없는 공세에 안 그래도 무뎌져 있던 천무맹 무사들은 속수무책으로 무너졌다.

"빌어먹을!"

오만 감정이 창야차의 머릿속을 흔들었다. 각나찰에 대한 분노와 전황에 대한 짜증, 적에 대한 살의로 인해 그는 미쳐 버릴 지경이었다.

"팔부신중 창야차! 네 목숨으로 주작전주 요화란 님의 한을 풀겠다!"

십여 명의 동지를 이끌고서 심자홍이 앞을 막아섰다. 병력을 빼낼 만큼 전황이 유리해진 결과였다.

"변절자 년들……!"

"변절자라고? 우리를 버리고 등허리에 비수를 꽂은 건 다름 아닌 너희 천무맹이었어."

"오갈 데 없는 네년들을 거두어 사람 구실을 하게 만들어준 것도 천무맹과 노사님이었지. 애초부터 소모품에 불과한 것들이 은혜도 모르고 날뛰는구나."

"우린 소모품이 아니야."

"아니! 네년들은 소모품이다. 처음부터 그러했고 앞으로도 그랬을 운명이다. 너희들도 그 사실을 인정하고서 천무맹의 보살핌을 받아들인 것이 아니었더냐?"

각나찰에 비하면 차분한 편인 창야차였으나 지금 그의 얼굴은 악귀처럼 일그러진 뒤였다. 이름 그대로 야차의 모습. 두억시니의 형상을 한 사내가 일갈했다.

"그래놓고선 막상 희생해야 할 때가 닥치니 입 싹 씻고서 배신을 해? 천무맹이 네년들의 죽음을 원한다면 네년들은 죽어야 한다! 그것이 대의를 위한 일이기에!"

"개소리."

한마디로 일축한 심자홍이 싸늘하게 쏘아붙였다.

"대의가 아닌 중화를 위해서겠지. 정신 나간 늙은이의 시대착오적 망상을 위해서."

"너희들 따위가!"

시뻘게진 얼굴로 소리치는 창야차. 그 목덜미를 향하여 너비 20㎝의 칼날이 날아들었다.

"큭!"

창야차가 아슬아슬하게 회피했다. 그럼에도 목덜미에 희미한 찰상이 생겼다. 호신강기가 없었다면 아마도 살갗이 쩍 갈라지고도 남았으리라.

"네년……!"

"에이, 아까워."

홈런 타자 같은 자세로 검을 쥔 밀리아가 씩 웃었다.

"그만 떠들고 싸우자고. 어차피 너는 말을 해봐야 못 알아먹을 인간이잖아."

"놈!"

각나찰은 미칠 것 같았다. 그 또한 통신기를 소지하기는 한 만큼, 해협 쪽 전투가 어떻게 흘러가는지는 속속들이 파악하고 있었던 것이다.

결과는 참담했다. 흘러나오는 통신과 보고 내역만으로도 충분했다.

믿기지 않는 일이지만 진도에 상륙한 천무맹 병력은 궤멸을 앞두고 있었다. 그가 가세했다면 달라졌을지도 모르는 상황.

창야차에 대한 불호를 차치하고 본다면 결국 자신이 상황을 이 모양으로 만든 셈이었다.

물론 각나찰은 그런 일로 스스로를 책망할 성격이 아니었다. 그래서 그는 보다 쉬운 길을 택했다. 눈앞의 임성욱을 증오하기로.

"개자식!"

사실 임성욱을 증오할 이유는 충분했다. 무엇보다도 지금 상황 자체가 그러했다.

역량을 모두 발휘하면 충분히 떼어놓고도 남을 놈이, 각나찰에게 맞추어 적당한 속도로만 달아나는 중이었다. 그 속내가 훤히 보이는데 어찌 증오하지 않을 수 있을까.

"이쯤 달아났으면 충분하지 않느냐! 그만 멈추고 반격하란 말이다!"

각나찰의 외침을 들은 임성욱이 신형을 반전했다. 다채로운 감정이 임성욱의 얼굴에 떠올랐다가 사라졌다. 결국 그는 쓴웃음을 짓는 쪽을 택했다.

"이쯤 되면 존경스러울 정도인걸. 솔직히 동료와 함께 부리

나케 달려갈 거라 생각했는데.”

“네놈을 죽이기 전에 그럴 수야 없지.”

“천무맹 가입 요건에 망상 장애 1급 같은 거라도 있나?”

울컥한 각나찰의 몸이 부르르 떨렸다.

“주둥이를 놀리는 솜씨 하난 일품이로구나.”

“한국 기준으로는 중간 이하야. 우리 조상님들이 원래 키보드 하나만 갖고서 세상을 평정하시던 분들이거든.”

“헛소리는 집어치워라! 내 오늘 네놈의 숨통을 끊어 빌어먹을 조선반도의 무예의 맥을 말살할 것이다!”

임성욱의 얼굴에서 장난기가 사라졌다.

“너 같은 놈에게 말살당할 만큼 무맥의 깊이는 얕지 않아.”

“훙! 그래봤자 오랑캐의 잡술! 중화 반만년의 역사를 따라잡을 순 없다!”

“기껏해야 반백 년도 못 살았을 인간이 반만년은 무슨.”

뿌드득!

부러뜨릴 기세로 이를 간 각나찰이 임성욱을 향해 돌진했다. 깊게 심호흡을 한 임성욱도 체내의 기운을 극한까지 끌어올렸다.

건곤일척(乾坤一擲).

두 사내의 권과 각이 허공을 가르며 충돌했다.

“후우, 후우, 쉬익…… 씨익…….”

호흡을 할 때마다 기괴한 피리 소리가 났다. 어째서 그런가 생각하던 창야차는 시선을 내리고서야 이유를 깨달았다.

갈빗대의 틈새로 파고든 흉측한 쇳덩이. 널찍하다는 말밖에 떠오르지 않는 은색 칼날 위로 선명한 선혈이 흘러내리고 있었다.

아래쪽으로부터 비스듬하게 꽂힌 칼날은 폐부까지 관통했다. 피리 소리가 숨소리에 섞여 나오는 것은 그 때문. 물론 그걸 알았다고 하여 창야차가 만족할 리는 없었다.

“이런 개…… 같은.”

“드디어 먹혔네.”

큼지막한 칼날의 주인, 밀리아가 힘겨운 한숨을 뱉었다. 그녀도 마냥 멀쩡하기만 한 것은 아니었다. 몸 곳곳에 타박상이 가득했다.

그나마 그녀는 양호한 편. 창야차의 주변에는 적지 않은 수의 주작전 무사가 널브러져 있었다.

권격에 흉부를 강타당한 심자홍도 예외가 아니었다. 그러나 그녀들 모두 죽지는 않았다. 결정적인 순간마다 저격으로 창야차를 방해한 헨리에타 덕분이었다.

"으음……."

미약한 신음성과 함께 심자홍이 깨어났다. 황급히 상체를 일으킨 그녀의 표정이 밝아졌다.

"아……!"

"잘 잤어? 미안. 자칫하면 나 혼자서만 재미 볼 뻔했네."

쾌활하게 말을 건네는 밀리아. 마치 평화로운 아침 인사 같은 그녀의 태도에 창야차는 속이 뒤틀리는 기분이었다.

"이, 빌어먹을…… 오랑캐 년!"

"그 빌어먹을 오랑캐한테 죽게 된 너는 그럼 뭐라고 불러야 할까?"

"이이익!"

"어차피 너 같은 놈들한테 마주 열을 내봤자 나도 스트레스만 받겠지? 그러니까 네가 죽는 순간까지 비웃어줄게."

"네년!"

"밀리아 님이라고 불러야지."

밀리아가 칼날을 비틀며 말했다. 창야차는 온몸이 으스러지는 동시에 뒤틀리는 기분을 맛보며 전율했다.

"크, 으으, 아아악!"

"아, 이거 자칫하면 중독될지도 모르겠어. 꽤 손맛이 좋잖아?"

장난치듯 중얼거린 밀리아가 심자홍에게 손짓을 했다. 심자홍이 멍하니 바라보기만 하자 그녀가 입을 열었다.

"막타는 양보해 줄게."

"예?"

"네 손으로 해치우라고. 네 자매들을 대표해서 네 옛 대장의 원한을 갚아."

심자홍의 눈망울이 촉촉하게 젖었다. 어떤 표정을 지을지 몰라 하던 그녀가 눈물과 함께 웃었다.

"수아가 부러워할 거예요."

"그러니 꼭 해야지. 문수아를 놀려주기 위해서라도."

킥 웃음을 터뜨린 그녀가 다가와 바스타드소드의 손잡이를 움켜쥐었다. 창야차는 내장이 찢기는 감각에 몸서리를 쳤다.

"더 이상은 주작전이 아닌, 한국에 소속된 무인으로서 너를 처단하겠다."

"네년……!"

"이제 그만 닥쳐, 역겨우니까."

푸욱!

심자홍이 있는 힘껏 검을 찔러 넣었다. 팔부신중 창야차의 숨통이 끊어졌다.

4

스스스스.

협곡 안팎으로 자욱이 깔린 안개가 흩어지기 시작했다. 희끄무레한 포말 사이를 선명한 햇살이 가르며 떨어졌다.

드물게 화창한 날씨. 검은 안식일 이후로는 거의 보기 힘들게 된 기후였다.

그 덕에 지휘실의 창문을 통해 유려한 경관이 펼쳐졌다. 창을 통해 내려다본 망원곡은 첨단 건축 공학의 산실 그 자체였다.

본디 존재하던 협곡의 내부에 대대적인 토목 공사를 실시, 스타디움 규모의 시설을 만들어 놓았다. 새삼 순천자가 지내온 시간의 스케일이 느껴졌다.

"그 긴 세월 동안 한 번도 위치를 파악당하지 않은 건가?"

"위험한 순간도 많았습니다만 다행히 천무맹에 들키진 않았습니다. 다만……."

"다만?"

순천자의 얼굴에 희미한 어둠이 드리웠다.

"지금 생각해 보면 알고서도 내버려 뒀을지도 모른다는 생각이 듭니다."

"무백이?"

"예, 곳곳에 흩어져 있는 잔당을 일일이 찾아내 소탕하는 것보단 한곳에 몰아 쓸어버리는 게 간편하니까요."

"정말 무백의 생각이 그런 거였다면……."

적시운이 창밖을 보며 말했다.

"제대로 실패한 셈이네."

"예, 그렇지요. 모두 적시운 님께서 와주신 덕입니다."

"아, 그런데."

"하문하십시오."

"신서울 쪽에 연락을 넣고 싶은데, 가능할까?"

"그들이 사용하는 주파수만 안다면 얼마든지 가능합니다."

"음, 그것까진 모르겠고……."

적시운은 미네르바를 내밀었다.

"여기에 통신 채널이 저장되어 있을 거야."

순천자는 귀걸이안경을 쓰고서는 미네르바를 살펴봤다. 그의 육체가 무엇인지를 감안하면 그저 버릇에 지나지 않는 동작일 터였다.

"미 국방성에서 개발한 전술형 PDA의 개량형이군요."

"응, 타임슬립 프로젝트에 투입됐을 때 지급받았어."

"잠시 빌릴 수 있겠습니까? 필시 적지 않은 데이터가 저장되어 있으리라 보이는데요."

"뭐, 상관없겠지."

"메인 OS가 저희 것과 동일하니 분석에 그리 오래 걸리지 않을 것입니다."

"그렇게 해."

"예, 한국 측과의 통신도 바로 연결해 드리겠습니다."

적시운이 피식 웃으며 고개를 끄덕였다. 허리를 깊이 숙인 순천자가 미네르바를 가져갔다.

"역시 암만 봐도 저쪽이 천마 같단 말이지."

[시끄럽군.]

잠시 후 신서울 정부와 통신이 연결됐다. 거대한 벽면 모니터에 권창수의 얼굴이 나타났다.

-……다행히 적시운 님이었군요.

"왜 표정이 그럽니까?"

-5분 전에 우리 측 극비 채널이 뚫렸습니다. 천무맹의 사이버 테러가 아닐까 노심초사하던 차에 적시운 님과 연결이 된 겁니다.

"시간이 급하여 다소 과격한 방법을 써야 했습니다."

순천자가 담담히 말했다. 적시운은 어깨를 으쓱하고서 권창수를 돌아봤다.

"들었죠? 사소한 일은 일단 넘어가고 몇 가지 좀 묻겠습니다."

-그러십시오. 사실 묻고 싶은 건 제 쪽에 더 많을 것 같습니다만.

"이따 기회를 드리죠. 우선…… 부산과 서울 쪽 상황은 어떻습니까?"

권창수가 대략적인 현황을 설명했다. 때마침 진도 전투의 결과가 들어온 뒤. 부산 측의 승리라는 결과엔 적시운도 적잖이 놀랐다.

"전력상 우세라고 할 수는 없을 텐데 그런 대승을 거뒀다는 거군요."

-예, 그래도 임성욱 의원장의 말로는 아슬아슬한 승부였다고 합니다. 아무래도 천무맹의 팔부신중이 둘씩이나 포함되어 있었으니 그렇겠지요.

적시운의 생각은 조금 달랐다.

사실 팔부신중 둘은 큰 문제가 아니었다. 임성욱과 팔부신중, 양측 모두와 붙어본 적시운이기에 알 수 있었다. 임성욱이 능히 두 사람을 감당하리란 것을.

정말 대단한 것은 동백 연합이 천무맹 무사들을 상대로 이겼다는 사실. 무공에는 같은 무공으로밖에 맞설 수 없다는 게 적시운의 생각이었으나, 동백 연합은 멋지게 그 편견을 깨부순 것이었다.

옆에서 대화를 듣던 순천자도 놀라움을 감추지 않았다.

"EMP로 이능력 억제 장치를 무력화한다. 확실히 기발한 생각이로군요."

“그러게. 전자기 펄스는 피아를 가리지 않고 영향을 미치니 자주 써먹기는 어렵겠지만.”

-예, 그래도 전자 장비를 일체 배제하고 전투에 임한다면 괜찮지 않을까 합니다.

[둘이서 지금 무슨 얘기를 하는 건가?]

적시운은 천마의 질문을 무시하고서 권창수에게 말했다.

“남쪽은 괜찮다고 치고…… 북쪽은 어떻습니까? 보아하니 중공군 기갑 병력은 이미 압록강을 건넌 것 같던데.”

-대동강을 사이에 두고 아군 1군단과 대치 중입니다.

“사령관은 김성렬 장군이고요?”

-예, 다행이라 해야 할지, 중공군은 며칠째 대치만 하고서 움직이질 않고 있습니다.

폭풍전야의 고요일 뿐. 안심할 수는 없었다.

“아마 아미타불을 기다리는 걸 겁니다.”

-예? 그게 뭡니까?

“백진율의 기함. 자세한 얘기는 나중에 순천자가 해줄 겁니다.”

-예?

적시운이 손짓으로 순천자를 가리켰다. 그제야 말뜻을 이해한 권창수가 고개를 끄덕였다.

-며칠 사이에 새로운 우군을 얻으셨군요.

"얘기하자면 좀 복잡해서……."

-설명을 들으려는 건 아닙니다. 어쨌든 이제는 귀환하실 계획이지요?

"예, 최대한 빨리 날아가겠습니다."

대화를 마친 적시운이 순천자에게 통신을 넘겼다. 순천자가 천무맹에 대한 기본 정보를 넘기는 동안 적시운은 생각에 잠겼다.

'앞으로 어떻게 하느냐는 건데.'

삭월이 아무리 최첨단 비행함이라 해도 적시운의 경공보다 빠르진 않았다. 그것을 감안할 때 적시운이 먼저 한반도로 향하는 게 나을 수도 있었다.

"기본 정보를 한국 정부 측에 넘겼습니다."

순천자가 다가와 말했다.

"벌써?"

"예, 압축된 파일만 전송하면 되는 일이니까요."

"아."

하긴 데이터화된 자료가 있는데 구구절절 떠들 필요는 없을 터였다.

"그건 그렇고……."

적시운은 자신의 생각을 꺼내놓았다. 차분히 말을 듣던 순천자가 입을 열었다.

"제 생각을 말씀드려도 될는지요?"

"물론. 그러자고 얘기한 거니까."

"장점이 있고 단점이 있습니다. 장점은 보다 많은 한국인을 살릴 수 있다는 것. 적시운 님께서 가세하신다면 평양 부근에서 벌어지는 전투에서 최대한 많은 이를 살리실 수 있을 겁니다."

"승패는 어떻게 되리라 생각해?"

"적시운 님의 무위라면 능히 전황을 뒤엎을 수 있다…… 고 말씀드리고 싶습니다만."

"그것까진 무리라는 건가?"

"예, 아무래도 천무맹엔 백진율이 있기 때문에……."

적시운은 고개를 끄덕였다. 스스로가 생각하기에도 백진율을 상대로 우위를 점한다고 자신할 수가 없었다.

"좋아. 그러면 단점은 뭐지?"

"삭월의 진격이 늦어질 수 있습니다."

"어째서?"

순천자가 손짓을 하자 엘레노아가 14인치 태블릿을 가져왔다. 디지털화된 중국 전도 위로 광점들이 반짝였다.

"각각의 광점은 중공군의 공군기지의 위치입니다."

"……하나같이 삭월의 이동 경로와 가깝네."

"예, 사천성을 벗어나는 대로 삭월이 발각될 겁니다. 대기 중이던 공군 병력이 달라붙게 되겠지요."

호위함 하나 없는 초라한 기함. 삭월의 성능과 별개로 적에게 고스란히 노출되어 있다는 점은 분명했다.

"요격 수단은 따로 없고?"

"요격용 함재기와 비행형 기간틱 아머가 있긴 합니다. 더불어 공중전이 가능한 무사들도 준비 중입니다."

"몇 명인데?"

"저를 포함해서 스무 명이에요."

엘레노아가 대답했다. 어지간한 실력이 아니고선 전투함과 공중전을 벌일 수 없을 테니 빼어난 실력자들이라 해야겠지만…….

"그래도 스무 명은 너무 적은데."

"저, 저희가 열심히 싸운다면……."

"너희 실력이나 열의를 무시하는 건 아냐. 그래도 너무 적어."

엘레노아가 시무룩해져서 고개를 숙였다. 적시운은 함장 전용 의자에 상체를 기댔다.

"확실히 내가 함께 가는 편이 안전하긴 하겠군."

"적시운 님에게 짐을 지우려는 것은 아닙니다. 적의 공격에 허무하게 격침당할 삭월도 아니니, 그리 걱정하지는 않으셔도……."

"당신들이 못 미더운 게 아냐. 그냥 효율적인 길을 택하자는 거지. 나도 당신들과 함께 움직이며 삭월을 방어하지."

"괜찮으시겠습니까?"

"문제 될 건 없잖아? 이참에 놈들의 공군 병력을 소모시키면 좋은 일이고. 게다가……"

적시운이 담담히 웃었다.

"당신들에겐 좀 미안한 얘기지만, 이쪽보다는 저쪽이 더 믿음직스럽기도 하고."

"방금 대화를 나눈 청년은 확실히 영민하더군요."

"그 나이에 대통령 대행까지 하고 있을 정도니까. 어찌 보면 나 같은 녀석보다 대단한 사람이지."

"그렇게 스스로를 비하하실 것은 없습니다. 제가 보기엔 적시운 님도……."

"아부할 시간이 있으면 어떻게 해야 더 빨리 갈 수 있을지나 생각하셔."

"예."

순천자가 깊이 허리를 숙이며 말했다.

"그리 오래 걸리진 않을 것입니다."

"광서성 레이더 기지가 미확인 비행 물체를 포착했습니다."

보고를 받은 무백노사의 표정이 굳었다. 뜬금없이 웬 UFO인가 할 법한 일이었지만, 그것이 사천성과 인접한 지역에서 온 보고라면 얘기가 달랐다.

"마침내 움직이느냐."

씹어뱉듯 중얼거리는 노사의 옆에서 백진율이 입을 열었다.

"사숙이 협곡 밖으로 나왔나 보군."

"맹주, 그 간악한 놈은 사숙이라 불릴 자격도 없습니다."

"그러는 노사도 지금까지 그를 순천자라는 도명으로 부르고 있잖소?"

"그, 그것은……."

"책망하려는 게 아니오. 어쨌든 시기와 정황을 봤을 때 적시운이 그와 만난 것이 분명하군."

"으음……."

백진율은 오퍼레이터를 향해 명령했다.

"섬서, 광서, 호북의 세 성에 배치된 공군 병력에 출진 명령을 보내라. 내 추측이 맞다면 적의 비행함은 한 척. 적시운이 그 안에 타고 있을 것이다."

"예."

"무슨 수를 써서라도 격침시켜야 한다. 각 지휘관에게 그렇게 전하도록."

명령을 내린 백진율이 느긋한 자세로 의자에 몸을 기댔다.

"그 정도에 놈이 죽을 리는 없지만, 그래도 고생쯤은 하게 만들어줘야겠지."

"그 뒤엔 두 눈에서 피눈물을 쏟도록 만들어줄 것입니다."

이온 엔진의 힘을 통해 하늘을 가로지르는 수만 톤의 쇳덩이들. 위풍당당하게도 비행하는 무적함대의 아래로는 파도치는 황해 바다가 펼쳐져 있었다.

"20분 내에 전장에 도착합니다. 예정대로라면 적의 측면을 치는 형세가 될 것입니다."

"대치 중인 육군 병력에도 그리 전달하시오."

"예, 맹주."

무백노사가 오퍼레이터들에게 명령을 하달했다. 모니터 화면을 바라보던 백진율은 지그시 눈을 감았다.

비슷한 시각. 천무맹 비행함대의 움직임을 포착한 김성렬은 비상 회의를 소집했다.

"서울까지 퇴각한다."

김성렬의 말에 장교들이 깜짝 놀랐다. 하지만 그것이 신서울을 뜻하는 말이 아님을 알고는 평정을 되찾았다.

"옛 서울에서 적을 막자는 말씀이군요."

"음, 지형상 그곳이 좀 더 유리하다. 보급과 지원을 받기에도 용이하고."

"하지만 그곳에서 적에게 꿰뚫리게 된다면……."

과천 특구, 나아가 신서울까지도 일방통행. 사실상 대한민국이 함락된다고 봐도 좋았다.

5

진도 연안에 상륙하여 동진하여 부산을 치려던 중공군 제2군단은 진도를 채 벗어나지 못한 채 대패했다.

사상자의 수는 본 병력의 3할. 해협에 빠진 전력 역시 잠수함에 의해 빠짐없이 격침당했다.

당연하게도 사상자 중 대부분은 전사. 원래의 병력 중 절반가량이 수송 및 지원 같은 비전투 인원임을 감안하면 실질적으로 전투원의 6할이 궤멸당한 셈이었다.

중공군 내에서도 손꼽히는 정예인 2군단이었던 만큼 실질적인 타격은 더욱 컸다.

실질적으로 살아남은 것은 후방의 지원 부대 및 수송 부대뿐. 게다가 추가적인 추격을 받을 수 있는 만큼 안심할 수 없는 상황이었다.

"수고하셨습니다."

소강상태에 접어든 전장. 사투 뒤의 달콤한 휴식을 맛보고 있는 헨리에타 일행에게로 임성욱이 다가왔다. 혼자는 아니었다. 무언가가 임성욱의 손에 붙들린 채 바닥에 질질 끌려오고 있었다. 처음엔 지저분한 쌀자루라도 되는 것 같았으나, 자세히 보니 몸 곳곳이 피범벅에 그을린 성인 남성이었다.

"그자는……?"

"팔부신중의 일원, 각나찰입니다."

일행의 눈빛이 순간 서늘해졌다. 재차 살펴보니 피멍 들고 퉁퉁 불은 얼굴에 각나찰의 특징이 남아 있었다.

"살려두셨나요?"

"예, 무인으로서는 사실상 죽은 거나 마찬가지긴 합니다만."

헨리에타의 시선이 각나찰의 팔다리를 훑었다. 출혈 자체는 멎긴 했지만 아킬레스건과 팔뚝의 힘줄이 모조리 끊어져 있었다.

잔혹하다고는 할 수 없을 것이다. 승패가 뒤바뀌었다면 저들은 이보다 더한 짓을 했을 테니까.

"굳이 살려둘 필요가 있는지는 모르겠군요."

심자홍이 적나라하게 살의를 드러내며 말했다.

"허락해 주신다면 제가 직접 숨통을 끊고 싶어요."

"이자를 살려두면 쓸 만한 곳이 있을 겁니다."

"글쎄요. 각나찰은 골 빈 머저리이니 변변한 정보조차 지니지 않았을 거예요. 몸뚱이가 병신이 됐으니 인질로 써먹을 수도 없을 테고요. 뭐, 이건 몸이 성했더라도 마찬가지겠지만요."

"그래도 혹시 모르는 일이죠."

"하지만 그는……."

"저는 이미 마음을 정했습니다."

임성욱은 반송장이나 다름없는 각나찰을 압송시켰다. 심자홍이 못내 아쉬운 표정을 지었지만 더 고집을 부리진 않았다. 지금의 임성욱은 그녀의 상관이나 마찬가지. 괜한 고집으로 미운털 박힐 이유는 없었다.

"중공군 놈들은 아직 배를 띄우지 못했을 거예요. 계속 추격해야 한다고 생각하는데, 어떠세요?"

"마음 같아선 그러고 싶지만, 아무래도 어렵겠습니다."

"왜죠?"

"북쪽의 병력이 남하를 시작할 겁니다."

헨리에타의 표정이 굳었다.

"그렇다면……."

"천무맹주가 직접 전단을 이끌고 행차할 모양입니다. 아무래도 쉬운 싸움은 아닐 테니 우리도 조속히 지원해야겠죠."

쉽지 않다뿐일까. 백진율이 이끄는 주 병력에 비하면 2군단 따위는 아무것도 아닐 터였다.

"바로 출발해야겠군요."

"네, 이쪽으로 오는 도중에 할아버님께도 말씀을 드렸습니다. 이미 준비해 두셨다고 하시더군요."

"무엇을 말이죠?"

쿠구구구구.

동쪽에 자욱이 낀 먹구름을 해치며 비행선단이 나타났다. 임성욱은 각오 어린 눈으로 비행선들을 바라보았다.

"이동 수단 말입니다."

절벽을 거슬러 올라온 바닷바람이 사람들의 머리칼을 흔들었다. 새로운 전투가 이미 시작되고 있었다.

[순천자도 정말 많이 변했구먼.]

"갑자기 무슨 소리야?"

[예전의 그 친구였다면 본좌에게 이런 부탁을 하지도 않았을 걸세.]

"난 당신이 아니잖아."

[크게 다를 것도 없네. 자네는 본좌의 후계자이니 말이야.]

적시운은 대꾸하지 않았다. 여전히 천마로 불리는 것은 꺼려졌지만 천마에게 반박할 말은 떠오르지 않았다. 애초에 그의 후계자를 자처한 것도 적시운 본인이었으니 말이다.

물론 순천자를 비롯한 천마신교의 교도들을 수중에 넣기 위해 한 말에 불과했지만 본인 입으로 뱉은 말이니 주워 담을 순 없었다.

[기억하게. 이 싸움이 끝나고 나면 자네는 저들의 천마가 되어야 한다는 것을.]

"……."

[저들뿐만이 아니지. 자네의 나라, 그 외 천무맹과 중화에 대적하는 모두가 자네에게 의지하려 들 걸세. 자네가 그들의 염원을 뿌리칠 수 있겠나?]

"내가 왜 그들의 바람에 응해야 하지?"

[자네가 가장 절실히 바라는 게 뭔가?]

가족의 무사와 행복. 가장 먼저 떠오른 것은 역시 그것이었다. 적시운의 생각을 읽은 천마가 빙긋 웃었다.

[작금의 어지러운 정세 속에서 과연 자네 가족들이 평안할 수 있을 것 같나?]

"……."

[수신제가치국평천하라는 말이 괜히 있는 게 아닐세. 모든 것은 자기 자신으로부터 시작하여 바깥으로 퍼져 나가는 법.]

"이젠 설법까지 하려는 거야?"

[아니, 하지 않을 걸세. 자네는 이미 본좌가 하고자 하는 말이

무엇인지 알고 있으니 말이야.]

부정하기 어려웠다.

마수와 인간들로 인해 미쳐 버린 세상. 진정한 평안을 바란다면 끝없는 파괴와 살육이 지속되는 이 세계를 종식시킬 필요가 있었다.

'혹은 도망치거나.'

하지만 그것은 결코 쉬운 일이 아니리라. 그러기엔 너무나 멀리 와버린 적시운이었다.

고오오오오.

전투 비행함 삭월의 외부 갑판 위였다. 드넓게 펼쳐진 강철의 벌판 위로 구름들이 빠르게 스쳐 지나가고 있었다. 불어오는 역풍으로 인해 어지간한 쇳덩이도 날아갈 지경. 그러나 적시운은 한가로이 갑판 위에 앉아 천마와 대화를 나누고 있었다.

이미 인간의 영역을 아득히 초월한 몸이기에 가능한 일. 상공 10㎞의 광풍은 적시운에게 아무런 영향도 미치지 못했다. 희미한 호신강기의 내부는 안락하기 짝이 없는 무풍지대였다.

"……천무맹과 결판을 낸 후 미국으로 돌아갈 생각이야."

스쳐 지나가는 구름을 보며 적시운이 말했다.

"백진율과 대화를 나누고서 확신이 들었어. 지금의 세계를 이런 모습으로 바꿔놓은 존재가 미국에 있을 거라고."

[찾아간 다음엔 어쩔 생각인가?]

"지구상에서 마수들을 쓸어낼 방법을 찾아내야지. 가능하면 이 모든 일의 원흉도 알아내고."

[흐음.]

"문제는 차원 게이트니까, 그것을 없애거나 봉쇄시킬 방법을 찾아내는 게 가장 좋겠지."

[그 방법이 있을 거라 생각하나?]

"있기를 바라야지. 모쪼록 천마를 죽인다거나 하는 식의 단순한 방법이라면 좋겠는데."

[음?]

"당신 말고 마수들의 제왕, 아포칼립틱 데몬 로드. 뭐, 그것도 추측만 무색할 뿐 실재하는지는 모르지만 말이야."

[그 모든 걸 끝마치고 나면 어쩔 생각인가?]

"글쎄……."

말끝을 흐리는 적시운. 사실 그다음은 생각해 본 적이 없었다. 애초에 지금의 계획부터가 원래는 존재하지 않던 것이었다.

"북미 대륙에 떨어졌을 땐 오로지 집으로 돌아갈 생각뿐이었어. 그런데 막상 돌아가고 나니 멍해지더라고. 가족들을 만난 건 기뻤지만 그것만으로 끝날 일이 아니었으니까. 현실적인 문제들이 떡하니 놓여 있었으니까."

[흐음.]

"그 후로 틈날 때마다 곰곰이 생각해 봤어. 만약 내가 당신을 만난 데에 뭔가 의미가 있는 거라면 내가 해야 할 일은 무엇일까."

[그러니까 지금, 자네가 본좌를 만난 게 누군가의 안배일 거란 말인가?]

"그럴 수도 있고 아닐 수도 있지. 어쩌면 아무 의미도 없는 우연의 산물에 불과한지도 몰라. 하지만 그렇다 해도 의미를 부여할 순 있는 거잖아?"

[음.]

"그래서 생각했어. 이 정도 일을 해낸다면 내가 얻게 된 힘에 대한 책임으로는 충분하지 않을까 하고."

[그 일이라는 게 바로 마수들을 쓸어버리는 것이로군?]

"그래, 그 정도면 날 따르는 사람들에게도 할 말이 있지 않겠어? 이렇게나 해줬으니 그만 달라붙으라고."

[그런다고 저들이 포기하고 돌아갈 것 같은가?]

"몰라. 하지만 만약 이렇게까지 하고도 달라붙으려 든다면 마음껏 볼기짝을 후려갈기며 꺼지라고 할 수는 있겠지."

천마는 적시운을 향해 쓴웃음을 지었다.

[볼수록 재미있는 친구란 말이지. 남들은 갖지 못해 안달이 날 법한 권력을 그렇게까지 거부하다니.]

"난 소박한 행복이 가장 귀중하다고 믿는 사람이거든."

[그런 일이 자네에게 가능할 것 같은가?]

"몰라."

적시운은 어깨를 으쓱였다.

"그래도 시도해 볼 만은 하잖아?"

[그래, 그럴지도.]

순간 적시운의 머릿속으로 하나의 이미지가 스쳐 지나갔다. 젊을 적의 천마와 절세 미색의 여인, 그리고 두 사람의 자식으로 보이는 어린 소년이 하나.

자그만 초옥(草屋)이 그들의 보금자리였다. 고급스럽진 않으나 정갈하고, 낡지 않았으면서도 고풍스러운 곳. 현대인인 적시운이 보기에도 포근하다는 느낌이 드는 장소였다.

"아."

뒤늦게 천마 곁의 미녀가 낯익다는 것을 깨달았다. 골똘히 생각해 보니 그녀의 이름이 떠올랐다.

"북해빙궁주…… 설천녀였던가?"

[그것은 무림인으로서의 호칭일 뿐. 단둘일 때의 그녀는 수련이라 불렸었네.]

"당신의…… 아내였던 건가?"

[그랬지. 그리 오래진 않았지만.]

핏빛으로 이지러진 이미지가 빠르게 스쳐 지나갔다. 천마가 자리를 비운 사이에 초옥을 습격한 무림인들. 젖먹이 아기를 품에 안은 채 필사적으로 저항하는 설천녀. 서서히 붉게 물들어 가는 적삼과 치마…….

영화가 암전되듯 이미지가 돌연 멈췄다. 적시운은 차마 다음 상황에 대해 물을 엄두가 나지 않았다.

[조언이라 할 만큼 거창하진 않네만 한마디만 하지.]

"……."

[자네가 정녕 소박하고 귀중한 삶을 바란다면 철저하고 독해지게. 자네의 적들이 감히 자네의 삶을 파괴할 엄두도 내지 못할 만큼. 일말의 가능성이라도 남아 있다면 철저하고 집요하게 파괴하게.]

수백 년의 세월을 넘어 들려오는 진심 어린 조언. 단순히 힘에 기반을 둔 것이 아닌, 본인의 삶을 바탕으로 한 충고였기에 더더욱 가슴에 와닿았다.

적시운은 새삼 천마에게 경도되는 자신을 느끼며 고개를 끄덕였다.

"명심할게."

[……흠, 본좌가 괜히 기분이 꿀꿀해지는 얘기를 했구먼.]

적시운은 쓴웃음을 지었다. 천마가 눈앞에 있었다면 필시 겸연쩍은 표정을 했으리라.

[그래서, 자네는 누구를 점찍어 두고 있는 건가?]

"무슨 소리야?"

[본좌의 삶을 보고도 느낀 게 없나? 소박한 행복을 원한다면 응당 절세미색의 마누라부터 얻어야지.]

"……."

[볼 꼴 못 볼 꼴 다 보여주고 나서 할 말은 아니네만, 수련이야 말로 당대 제일의 미녀였지. 자네도 보았으니 인정할 테지?]

"확실히…… 대단한 미녀이긴 했지만."

[그러니 자네도 마땅히 본좌를 본받아야 할 걸세. 마침 시기적절하게 후보자가 나타나는구먼.]

적시운은 고개를 돌렸다. 그 역시 천마와 마찬가지로 불청객의 기척을 느낀 뒤였다.

"무슨 일이야?"

"아, 적시운 님."

적시운을 발견한 엘레노아가 밝게 웃다가 이내 난색을 띠었다. 몰아치는 바람에 묶어놓은 머리칼이 풀려 버린 것이다.

적시운은 그녀 근처의 바람을 차단시켰다. 간신히 머리칼을 붙든 그녀가 총총걸음으로 다가왔다.

6

"무슨 일인데?"

적시운이 다시 물었다. 곁으로 다가온 엘레노아가 우아하게 예를 취했다.

"대장로로부터의 전갈입니다. 곧 중국 공군의 습격이 있을 것이니 갑판 안으로 들어오시라 전하라고 했습니다."

적시운은 고개를 돌려 동쪽을 보았다. 아직 육안으로는 어두침침한 먹구름만 보일 따름. 거리가 상당한 듯 기감에도 별다른 움직임이 포착되지 않았다.

"그냥 있지, 뭐. 들어갔다 다시 나오려면 귀찮은데."

"적시운 님께서 굳이 나서지 않으셔도……."

"내가 방해가 된다는 건가?"

엘레노아가 화들짝 놀랐다.

"아, 아뇨! 그런…… 저는 전혀 그런 의도로 말하려던 게 아니었어요. 죄송합니다. 부디 이 못난 것의 실언을 용서해 주시길……."

"용서하고 자시고 할 것도 없잖아. 네가 뭘 잘못한 것도 아닌데."

"화나신 게 아닌가요?"

"내가 고작 그 정도로 화낼 만한 좀팽이로 보였다는 거지?"

"아, 아뇨! 그게 아니라……."

"그런 게 아니라면 내 한마디에 일희일비하지 마. 나도 사람인지라 하는 말의 반 이상은 실없는 소리라고."

"아, 네."

엘레노아가 안도한 표정으로 대답했다.

"그리고 이건 부탁인데, 내 눈치 좀 적당히 봤으면 좋겠어. 너희가 날 너무 어려워하니 나도 너희를 대하기 어려워."

"아, 죄송……."

"사과하지 마."

엘레노아가 입술을 꾹 오므렸다. 피식 웃은 적시운이 자리에서 일어섰다.

"일단은 거기서부터 시작해야겠네. 앞으로는 죄송하다는 말은 절대 하지 마. 나도 네게 사과할 일은 없을 테니. 알겠지?"

"아, 네!"

적시운은 고개를 들었다. 엘레노아의 시선이 뒤를 따랐다. 갑판 곳곳의 해치가 열리며 무사들이 밖으로 나왔다.

기이이잉.

대공포의 포신들이 전방을 향하여 고개를 돌렸다. 이윽고 전방의 먹구름 사이로 강철의 기체들이 나타났다.

"저건……."

"중국 공군이 자체 개발한 전투기 J-20, 위룡(威龍)이에요."

21세기 초, 중국 공군은 역사상 최강의 전투기라 불리는 미국의 F-22 랩터에 대항하기 위한 전투기의 개발에 착수한다.

해당 전투기가 바로 J-20. 그러나 F-22에 크게 못 미치는 성능과 불거지는 문제점들로 인해, J-20은 수차례의 보완과 실전 배치 연기를 거듭하게 된다.

그러던 와중에 검은 안식일이 도래했다. 마수들로 인해 전 세계가 초토화되고 이온 관련 기술을 제외한 인류의 과학 기술은 퇴보하게 된다.

결국 F-22는 마지막까지 최강의 전투기로 남았다. 그리고 J-20은 미완성의 도전자로만 남게 됐다.

“하지만 천무맹은 비밀리에 연구를 지속해 왔어요. 제공권을 장악하는 것은 기간틱 아머도 전차도 아닌 전투기의 독보적인 역할이니까요.”

“굉장히 자세하게 알고 있네?”

“할아버지께서 러시아 정부 소속 공군 엔지니어셨어요.”

충격파를 꼬리에 달고서 날아드는 전투기들.

적시운은 타이밍을 가늠하며 내공을 일주시키기 시작했다.

“그래서 결국, 저것들은 완성작이라는 거야?”

“아마도 그럴 거예요. 다만 미국의 기술력을 따라잡진 못해서, F-22보다는 여러모로 뒤처지는 스펙이 되어버렸지만요.”

“21세기의 전투기보다도 약한 22세기의 전투기라는 거네.”

“네, 그렇다고 해도 위협적이지만요.”

그녀의 말대로였다. 초음속으로 비행하는 전투 병기는 그 자체만으로도 공포의 대상. 하물며 대량 살상 병기까지 탑재하고 있다면 말할 것도 없었다.

다만 다행인 점이라면 공격 방식이 한정되어 있다는 사실.

적시운은 눈을 감고서 집중했다. 이미 입신의 영역에 들어선 기감은 J-20 위룡의 미사일 해치가 열리는 것을 감지해 냈다.

삭월을 고정 조준(Lock-on)한 위룡들이 각각의 미사일을 토해냈다. 미사일들은 소리보다도 빠른 스피드로 삭월을 향해 날아들었다.

적시운은 전방으로 손을 뻗었다. A랭크의 염동력이 허공을 관통하고 나아가 미사일들을 붙들었다.

하지만 멈추게 하진 못했다. 추진체에 부착된 이능력 억제 장치가 발동된 것이다.

"그렇다면."

적시운이 신형을 띄웠다. 단숨에 허공을 박차고는 쇄도하는 미사일들을 향해 날았다.

"부수면 그만이지."

콰과과광!

시퍼런 불꽃이 허공을 수놓았다. J-20 편대가 그대로 삭월 위를 미끄러져 지나갔다.

선체를 뒤따르는 소닉붐, 선체 아래로부터 튀어 오르는 대공포, 거기에 갖가지 공격을 펼치는 무사들까지 한데 어우러져 아수라장을 빚어냈다.

쿠오오오오!

삭월의 갑판 위로 폭염이 터져 나왔다. 2기의 위룡이 격추당했다. 그중 하나는 삭월의 갑판과 충돌하며 불길을 일으켰다.

하지만 외부 장갑의 일부만이 손상됐을 뿐. 짤막한 불길이 사라지고 난 뒤의 삭월은 여전히 위풍당당했다.

휘이이이.

곡예비행을 하듯 위룡 편대가 크게 방향을 틀었다. 먹구름 낀 상공 위로 새하얀 원이 그려졌다. 그 모습을 지그시 응시하던 적시운이 허공을 박찼다.

인간이 초음속의 전투기를 뒤쫓을 수 있을 것인가?

그 해답이 적시운의 발끝에서 터져 나왔다.

파앗!

천마보의 마지막 한 걸음.

뇌륜경(雷輪輕).

적시운의 신형이 빛으로 감싸였다가 사라졌다. 먹구름 낀 하늘을 한줄기 뇌광이 관통했다. 뒤이어 터져 나오는 뇌성.

소리가 사위를 뒤흔들 때쯤, 적시운의 신형은 위룡 편대의 바로 뒤에까지 따라붙은 상태였다.

'그대로 꿰뚫는다.'

대단한 공격법은 필요치 않았다. 초음속의 스피드가 곧 무기이며 전부였다.

콰지지직!

적시운이 스쳐 지나간 J-20의 날개가 종잇장처럼 찢겨 나갔다.

기우뚱.

균형을 상실한 전투기는 곧 지상을 향해 나선을 그리며 추락했다.

그 순간 적시운은 이미 다음 전투기를 향해 몸을 날리고 있었다.

체인 라이트닝이나 다름없는 연쇄 공격. 뇌전으로 화한 신형이 번뜩일 때마다 어김없이 전투기들이 찢겨 나갔다.

다음, 그다음의 공격도 비슷한 식으로 물리쳤다.

수차례의 급습이 수포로 돌아가자 중국 공군도 방식을 바꿨다. 대놓고 치고 들어가는 대신 삭월과 어느 정도 거리를 둔 채 선회하기 시작했다. 아마도 시선을 분산시키겠다는 계산일 터.

"그렇다면 그냥 내버려 두면 그만입니다."

순천자가 담담히 말했다. 그 말마따나 상대를 하지 않으니 전투기들이 삭월을 호위하는 꼴이 되고 말았다.

결국 전투기들이 물러나기 시작했다. 더 싸워봤자 무의미한 희생만 내리라는 것을 깨달은 듯했다.

그 시점에서의 삭월의 위치는 하남성 상공. 한반도까지는 채 1시간도 남지 않은 거리였다.

총사령관 김성렬이 이끄는 대한민국 육군은 대동강 하류를 떠나 남하를 시작했다. 기갑 전력으로 이루어진 중공군 1군단은 움직임을 포착하자마자 대동강을 건너기 시작했다.

다만 그것은 성급한 움직임이었다. 한국군이 심어놓은 수중 폭뢰들이 폭발을 일으켰던 것이다.

쿠구구궁!

촤아악!

곳곳에서 수십 m 높이의 물보라가 솟구쳐 올랐다. 도하가 중지되면서 수 분에서 십수 분에 이르는 시간적 소모가 일어났다. 그 여유를 틈타 한국군은 무사히 퇴각할 수 있었다.

바싹 약이 오른 중공군은 쾌속의 별동 부대를 운용, 한국군을 앞질러 가 측면을 치고자 했다. 이에 김성렬은 마찬가지로 별동 부대를 편성, 근방에 남은 유일한 포장도로인 평양-개성 고속도로를 봉쇄했다.

뒤쫓아 온 중공군 별동대와 한국군 별동대가 정면으로 맞붙게 되었다. 머릿수는 전자가, 병력의 질은 후자가 앞서는 형국.

다만 기습 작전을 시행해야 할 부대가 시작부터 길이 막혔다는 점에서 중공군 측의 전술적 패배라 볼 수 있었다. 그 결과는 결코 달콤하기만 하진 않았지만.

"별동대로 파견된 백호 대대가 전멸했습니다."

"……."

김성렬은 지그시 눈을 감았다. 뜨거운 느낌이 눈망울로부터 얼굴 전체로 퍼졌다. 그들의 희생 덕분에 주력 부대를 온전히 보존할 수 있었다. 하지만 그렇다고 중공군을 용서할 수 있는 것은 아니었다.

"자네들의 목숨값은 기필코 백배, 천배로 받아내고야 말 걸세."

어찌 됐거나 당장의 위기는 모면한 상황. 하지만 마음을 놓기엔 일렀다. 마침내 대동강을 건너온 중공군이 대대적으로 밀고 내려오기 시작한 것이다.

각각 개성과 연천, 철원을 경유하는 3개의 루트. 중공군은 세 줄기로 병력을 나눠 남하하여 단숨에 경기도 전반에 걸친 포위망을 구축했다.

어마어마한 머릿수가 있기에 가능한 일.

자칫하면 남쪽으로 돌아 신서울을 직접 타격할 수도 있는 위기 상황이었다.

다행히 그 시점에 남쪽으로부터 원군이 도착했다.

"옛 남양주 근방에 놈들이 자리 잡은 것 같은데, 일단 더 남하하지 못하게 견제하겠습니다."

부산시 수비군과 동백 연합, 임성욱이 이끄는 병력이 비행선단을 통해 도착한 것이었다.

덕분에 겨우 균형이 맞춰졌다. 포위 섬멸이 불가능해진 것을 깨달은 중공군 역시 더 욕심을 부리진 않고서 현 위치를 고수했다.

결과적으로 팽팽한 대치가 이루어졌다. 중공군 1군단은 북한산 북쪽과 의정부, 남양주에, 김성렬의 병력은 옛 서울시의 강북에, 동백 연합 및 부산군은 옛 구리시 부근에 자리를 잡은 형국이 되었다.

"조금 더 남하해서 한강을 사이에 두는 건 어떻습니까?"

권창수의 권유에 김성렬은 단호히 고개를 저었다.

"한강은 최후의 보루로 남겨둬야 하오. 북한산은 천혜의 장벽이나 다름없으니 적에게 넘겨주는 것보단 어떻게든 지키고 버티는 쪽이 맞소."

"장관님의 말씀이 그렇다면 정말 그런 거겠지요. 알겠습니다."

"아미타불이라 불리는 기함 및 비행선단의 움직임은 어떻소?"

"위성을 통해 확인한 바로는 연평도 부근에 대기 중인 것으로 보입니다."

"바로 합류해서 치고 내려올 거라 생각했는데 의외로군."

"우리로선 잘된 일이지요."

그 말에는 김성렬도 동감이었다.

"소위 고수라고 불리는 무공 괴물들이 얼마나 강한지는 두 눈으로 똑똑히 보았지. 놈들의 꿍꿍이가 무엇이든 간에 당장 맞붙지 않는다는 점은 위안거리로군."

"어쩌면 기다리고 있는 것인지도 모르겠습니다."

누구를?

물론 김성렬은 그 답을 알고 있었다.

"우리와 마찬가지로 기다리고 있다는 거군."

"예, 그 이유는 아마도 정반대일 테지만요."

김성렬은 대(對)아라크네전 당시를 떠올렸다. 짤막한 일전이긴 했으나 적시운은 내내 백진율에게 압도당하는 모양새였었다.

"그렇다고 지금도 그러리란 법은 없지."

"예?"

"아니, 아무것도 아니오."

"알겠습니다. 그보다 주의하시길. 보아하니 1군단은 천무맹주가 이끄는 선단과 별개로 움직이려는 듯합니다."

"이미 움직이기 시작했소."

통신을 마친 김성렬이 전장도로 시선을 옮겼다. 무인 드론을 통해 실시간으로 업데이트되는 전장도엔 중공군 측의 움직임이 선명하게 나타나고 있었다.

"산악전을 벌여보자는 것이냐?"

북한산을 타고 넘으려는 움직임. 그냥 내버려 둘 수야 없었다.

"좋다. 해보자꾸나."

7

"으음……!"

무백노사의 얼굴은 격노로 상기되어 있었다. 밉살스러운 적들을 코앞에 두고도 차마 짓이기지 못하는 현실에 대한 분노였다.

맹주 전용 기함 아미타불을 위시로 한 최강 함대는 한반도 서부, 연평도라는 작은 섬의 근방에 정지해 있었다.

한 걸음만 쑥 내디디면 적의 앞마당. 마음 같아선 대뜸 쳐들어가 쑥대밭을 만들고만 싶었다. 어느 누구보다도 무백노사의 열의가 강렬할 터였다. 그러나 맹주인 백진율은 대기하는 것을 택했다.

"무턱대고 치고 들어갔다간 적시운에게 배후를 급습당할 것이오."

틀린 말이 결코 아니었기에 맹주를 탓할 수도 없었다. 오히려 전술적으로 생각한다면 백진율의 말이 백번 옳았다. 실제로 적시운과 천마신교에게 기습을 허용했을 시에 생길 타격은 어마어마할 테니까.

그렇기에 화가 났다.

"그까짓 놈들이…… 감히 그깟 놈들이!"

미개한 이민족의 후예들 주제에 위대한 천무맹의 행보를 방해한다. 두렵다기보다는 거슬리는 수준이었지만, 그것만으로도 노사의 분노를 일으키기엔 충분했다. 그리고 사실, 적시운만큼은 두렵기도 했고.

"아니, 그럴 리가 없다!"

마음 한구석에서 피어난 생각에 무백노사는 격하게 고개를 저었다.

자신은 대화산파의 도사. 저주받을 순천자의 방해만 아니었어도 무난히 장문인의 자리에까지 올랐을 인물이었다.

그런 그가, 천박하고 지저분한 것들이 모여 만든 일개 토착 밀교의 우두머리를 두려워한다는 것은 말이 되지 않았다.

"천마 따위가 다 무엇이냐. 내가 손수 키워낸 천무맹주 백진율이야말로 천하제일인이자 고금제일인이다."

인간으로 태어나 신이 된 자. 한때 세상에는 그런 존재들이 있었다. 인간의 시대를 기원전과 기원후로 나눈 사내만 해도 그러했다. 그리고 만약, 무인들 중에서 그런 자가 탄생하게 된다면…….

"그 자리는 필시 백진율의 것이리라."

기묘한 열기를 띤 채 중얼거리는 무백노사. 홀로 방에 앉아 면벽을 하는 그의 두 눈엔 시퍼런 귀기가 어려 있었다. 그는 기나긴 세월을 거치며 수많은 무인을 보았다.

한때 천하제일을 자처하던 셀 수 없이 많은 강호. 그중 대다수는 버러지였으며 상당수는 엉터리였다.

그래도 기나긴 연대표를 살펴보자면 적지 않은 이가 위명을 떨쳤다. 그리고 백진율은 그중에서도 정점이었다. 그야말로 수백 년에 걸친 무백노사의 집념과 노력의 결실이라 할 수 있었다.

우선은 자질. 수억 명의 중국인 중에서 빼어난 무재를 타고난 아이를 찾아냈다. 물론 순수한 한족의 혈통을 이어받은 아이였다.

다음은 육체. 무림맹 시절부터 이어져 온 갖가지 영단과 약재를 어릴 적부터 먹였다. 젖먹이 시절엔 10명의 건강한 여성을 선발, 각각에게 최고의 영약을 먹여 아이에게 수유시켰을 정도였다.

그리고 정신. 어린 백진율은 영특하게도 무백노사의 가르침을 잘 따라주었다. 더불어 노사가 지닌 사상과 개념도 훌륭히 이해하고 받아들였다.

기반이 갖춰지니 나머지는 일사천리였다. 백진율은 무백노사가 심혈을 기울여 만들어낸 수련법과 무공을 무서운 기세로 흡수했다.

2차 성징이 나타날 나이에 이미 팔부신중을 압도, 약관의 나이에는 무백노사마저 넘어섰다. 그리고 지금은…….

"나는 너에게 모든 것을 주었다. 세상에서 가장 강대한 세력과 나라가 네 손안에 놓인 것이다."

직접 건넨 적은 없는 이야기. 그러나 백진율은 이미 무백노사의 진심을 알고 있을 터였다.

"그 대가로, 모든 것을 얻은 대가로 네가 해줄 일은 하나뿐이다."

단 하나, 천마신교의 말살!

백진율은 무백노사의 숙원을 이룰 것이다. 순천자를 죽이고 적시운을 죽여, 천마라는 이름의 악령을 소멸시킬 것이다.

"그렇게 된 이후에야…… 신에게 도전할 수 있으리라."

무백노사는 고개를 들었다. 그가 면벽하고 있던 벽엔 큼직한 지도가 걸려 있었다. 아시아와는 너무나 다른 형태를 지닌 지구 반대편의 땅. 아메리카 대륙의 지도였다.

시작은 속도전. 군사위성을 통해 지형 파악을 끝마친 중공군은 특수한 기갑 부대를 출격시켰다.

산악 기동형 기간틱 아머, 흑웅(黑熊).

산지와 험지가 많은 대한민국의 지형을 감안해 준비해 온 병기였다. 등 뒤에 제트팩(Jet Pack)을 탑재하여 일시적 비행 기동이 가능하며 관절 보조 장치 덕에 경사로에서의 기동력이 매우 우수했다.

그 숫자는 대략 1천. 워낙 머릿수가 많다 보니 특수 병종의 숫자만도 이 정도였다. 때문에 한국군으로서는 서두를 필요가 있었다.

"과거 국립공원으로 관리받던 시절의 등산로입니다."

한국군 1군단 전시 사령부. 충혈된 눈을 한 장교들이 지형도를 뚫어져라 노려보고 있었다.

"놈들의 침공 루트 예측에 참고가 될 수 있을 겁니다."

"옛날 옛적의 등산로가 아직까지 남아 있지는 않을 텐데?"

"그렇지만도 않네."

장교의 지적에 김성렬이 입을 뗐다.

"나도 한때 저곳에서 산책을 하고는 했네. 더 이상 국가의 관리를 받고 있진 않지만 산로 자체는 멀쩡히 남아 있네."

"그럼 저 자료를 지침 삼아 대응책을 마련해야겠군요."

회의는 그리 길지 않았다. 오랫동안 머리를 맞대고 탁상공론을 할 여유가 없었던 것이다.

백병전으로 맞붙어선 승산이 없다. 그것이 김성렬과 장교들이 낸 결론이었다.

그렇다면 거기서 도출되는 해답은?

"아마도 하나뿐이겠군."

김성렬이 비장한 얼굴로 좌중을 돌아봤다.

"북한산을 포격하는 걸세."

어느 정도 예상했던 일이기에 장교들은 놀라지 않았다.

포병 전력이 한강 옆 건물들에 배치됐다. 발사각을 맞추기 위해 대부분의 포대는 건물 옥상으로 이송되었다.

물론 그것만으로는 불충분한지라 위치를 재배치하는 작업이 반복됐다.

이상의 과정은 필연적으로 적지 않은 시간을 필요로 했다. 하지만 마냥 포격 준비만을 하다간 적들이 북한산을 넘어올

터. 그렇기에 이를 저지할 병력을 추가로 운용해야 했다.

"명심하라. 절대 정면으로 붙어선 안 된다. 북한산의 지형지물을 이용해 놈들을 유인하고 고립시키는 게 자네들의 임무다."

"맡겨주십시오."

2개의 기갑 대대가 북한산으로 향했다. 흑웅 부대의 5분의 1에 불과한 숫자. 개체별 전투력이 거의 동등함을 감안하면 일방적인 열세였다. 그나마 산악 지형 덕분에 쉽게 포위당하진 않으리란 게 유일한 위안거리.

다행히 동백 연합이 눈치 빠르게 호응해 주었다. 헨리에타 일행과 주작전 무사들이 북한산 동쪽의 도봉산 어귀로 진입한 것이다. 더불어 지원군은 그녀들만이 아니었다.

"합세하겠습니다, 김 장관님."

신서울을 지키던 데몬 오더 길드가 전장에 합류했다. 이렇게 되니 얼추 흑웅 부대와도 해볼 만하다는 생각이 들었다.

"속히 북한산으로 향해주게. 놈들이 시내로 접어들지 못하게 저지해야 하네."

"그러죠."

차수정과 문수아는 길드원을 둘로 나누어 옛 북한산 국립공원으로 진입했다.

그사이 중공군은 다음 행보에 착수했다. 애초에 북한산에 진입시킨 병력은 극히 일부일 뿐. 한국군과 달리 중공군 측엔 여력이 넘쳤다.

전차 부대가 고양시를 지나쳐 남하하기 시작했다. 김성렬은 병력의 일부를 할당하여 아직까지 남아 있는 김포대교와 행주대교, 방화대교를 폭파시켰다.

이후 전차 부대는 한강을 사이에 둔 채 대치. 폐허와 빌딩들을 엄폐물 삼은 원거리 포격이 남북으로 오갔다.

북한산으로 진입한 흑웅 부대와 가장 먼저 맞닥뜨린 것은 헨리에타 일행이었다.

"어쩔까?"

밀리아가 먼 거리를 응시하며 물었다. 널찍한 능선 하나를 사이에 둔 상황. 전술적 우선권은 헨리에타 일행에게 있었다.

"저쪽은 우릴 발견 못 했겠지?"

"아마도. 아니, 확실할 거야."

기갑 병기라는 특성상 은밀 기동이 불가능한 흑웅 부대와 달리 헨리에타 일행은 얼마든지 기척을 숨길 수 있었다. 게다가 우거진 삼림은 군사위성의 추적도 막아주었다.

"열 추적 기능을 탑재한 무인 드론이 있다면 모르겠지만…… 그런 걸 띄울 여유는 없었을 거다."

"하여간 안 들켰을 거라는 뜻이잖아, 그렉."

"굳이 말하자면 그렇지."

"하여간 간단한 얘기를 꼭 어렵게 말한다니까."

만담을 나누는 사이 흑웅 부대는 능선을 거의 넘어섰다. 여유롭게 머리를 맞대고 토론을 할 시간은 없었다.

"이쪽으로 오는 길에 적을 포위하기에 용이한 험지가 있었어요. 그쪽으로 유인하는 게 어떨까요?"

"좋아, 그렇게 하자. 다른 방법을 생각할 여유도 없으니."

심자홍의 의견에 따라 작전 수행이 시작됐다. 가장 중요한 유인책의 역할은 물론…….

"내가 할래!"

대답도 듣지 않고서 밀리아가 뛰쳐나갔다.

헨리에타가 일행에게 시선을 보내자 다들 각자의 위치로 내달렸다.

"안녕? 너희 좀 두들기러 왔단다!"

검기를 흠뻑 머금은 플래티나 바스타드소드가 허공을 갈랐다. 나무들을 일자로 베어 넘기며 날아간 검기가 선봉에 있던 흑웅의 흉부를 쪼개놓았다.

"적습! 적이다!"

"대응 사격을!"

두두두두!

엄청난 숫자의 7.62㎜ 탄환들이 쏟아졌다. 한 기당 2정씩의 미니건을 지닌 흑웅이 수십 대. 결과적으로 초당 수만 발의 탄환이 밀리아를 향해 빗발쳤다.

"칫!"

밀리아가 황급히 엎드렸다. 다행히 흑웅들은 비슷한 체구의 기간틱 아머를 상정하여 사격을 가했다. 그 덕분에 대부분의 탄환은 그녀보다 훨씬 위의 공간을 가르고 지나갔다. 다만 그 수가 너무나 많았다.

콰직! 콰드득!

우지끈! 콰과과과!

수만 발의 탄환에 직격당한 숲이 대량의 흙먼지를 내며 터져 나갔다. 셀 수 없이 많은 나무 조각이 우수수 쏟아졌다.

"망할!"

겁이 없는 밀리아조차 머리를 들 엄두를 낼 수 없을 정도였다. 그녀는 바스타드소드도 팽개친 채 머리를 감싸고 웅크린 채 기다렸다.

사격이 끝났을 무렵 숲의 일부가 사라져 있었다.

다행히 밀리아는 생채기 하나 입지 않았다. 몸 곳곳에 톱밥과 나무 조각들이 가득 달라붙기는 했지만.

"해보자는 거지?"

칼자루를 쥐고 일어선 그녀가 재차 검기를 날렸다. 이번에는 흑웅 한 기의 팔이 끊어져 나갔다.

"저쪽이다!"

"기간틱 아머가 아니다. 인간이다!"

흑웅 부대는 그다지 놀라지 않은 기색이었다. 하기야 바로 곁에 맨몸으로 강철 병기를 쪼개는 초인들이 그득하니 그럴 만도 했다.

"격멸(擊滅)하라!"

또다시 회전하기 시장하는 총열. 이번엔 조준까지 정확히 되었다.

"쳇!"

밀리아는 뒤로 돌아 냅다 달렸다. 바로 후방이 비스듬한 산등성이였기에 탄환 세례를 피할 수 있었다.

"추격하라!"

쿠구구구!

흑웅 부대는 곧장 사격을 멈추고서 그녀의 뒤를 쫓았다. 함정의 가능성은 생각지도 않거나, 함정이더라도 개의치 않겠다는 것으로 보였다.

8

같은 시각, 이제는 폐허가 되어버린 영등포구의 한강변.

포격 준비를 마친 포대들이 발포에 들어갔다.

"준비가 됐으면 곧장 발포하게."

보고를 받은 김성렬이 단호히 명령했다. 오발 사격의 가능성이 있긴 했으나 그런 걸 따질 겨를이 없었다. 지원군이 많이 붙긴 했어도 여전히 열세에 있는 것은 사실이었으니.

무인 드론들이 시시각각으로 위치 정보를 전송했다. 좌표를 받은 포대들이 발사각 조정 시뮬레이션에 들어갔다. 표적이 계속 이동 중인 만큼 전송받은 위치를 노리기보다는 이동 경로와 속도 등을 계산할 필요가 있었다.

예측 지점이 도출되자마자 각 포대가 사격을 개시했다.

쾅!

폐허가 된 빌딩의 옥상으로부터 뿜어져 나오는 불길. 수십 정의 자주포는 북한산을 깡그리 불사를 기세로 맹렬히 포화를 쏟아냈다.

쿠쿵. 쿠쿠쿠쿵……!

나무로 뒤덮인 산자락 곳곳에서 붉은 꽃이 만개했다. 묵직하게 지축을 흔드는 진동과 피탄음이 여진처럼 찾아왔다.

물론 피탄률은 그리 높지 않을 터. 흑웅 자체의 속도도 속도거니와 북한산 자체가 엄폐물이 많은 지형이었다.

"그렇더라도 갈겨대는 수밖에."

김성렬은 살기 어린 눈으로 모니터를 응시했다. 맞히지 못하더라도 상관없었다. 적의 이동을 최대한 봉쇄할 수만 있으면 됐다.

"서쪽은 어떻게 됐나?"

"끊어진 다리들을 두고서 여전히 대치 중입니다. 아직 도하하려는 기색은 없습니다."

"이쪽의 화력이 줄어들기를 기다리는 거겠지. 포탄이 무한하지는 않으니."

끊어진 세 다리, 김포대교와 행주대교, 방화대교 북쪽에 자리 잡은 전차 병력. 그냥 내버려 두기엔 영 껄끄러웠다. 자칫하면 북한산으로 포격을 가하고 있는 자주포 부대가 공격받을 수도 있었다.

"이쪽 위치를 파악하는 즉시 공격하려 들겠지. 아무래도 그 전에 제거할 필요가 있겠어."

-저희가 맡죠.

임성욱이 통신을 보내왔다.

"현재 위치가 어떻게 되오?"

-서대문구 상공입니다.

10㎞ 정도 떨어지지 않은 위치. 비행선의 속도라면 수 분 내로 타격이 가능했다.

"그럼 부탁하겠소."

-맡겨주십시오.

임성욱은 병력을 둘로 나누었다. 일부는 종로구로 향하게 하여 북한산 남쪽을 방비하게 했고, 자신은 주력을 이끌고 그대로 전진했다.

강북에 진을 치고 있던 중공군 전차 부대도 그 움직임을 포착했다. 다만 이제 와 병력을 빼기엔 늦은 바, 대공포를 내세워 요격에 들어갔다.

쾅! 콰과광!

대공포들이 연신 불을 뿜었다. 부산군 비행선단은 배리어를 치고서 그대로 돌진했다.

"강하!"

불꽃이 난무하는 상공. 비행선에 탑재되어 있던 기간틱 아머 부대가 강하를 개시했다.

휘이이이!

빠르게 떨어져 내린 기간틱 아머들은 낙하산도 펼치지 않고 대지에 착지했다. 저공 강하용으로 특수 설계되었기에 가능한 일이었다.

부산시 국방 연구청의 역작, 기간틱 아머 '백구(白鷗)' 부대가 임무 수행을 개시했다.

"망할 놈의 새끼들, 죄다 조져 버려!"

"그대로 뚫고 간다!"

쿠구구궁!

흑백으로 도색된 기간틱 아머들은 포대들 사이를 종횡무진 누비며 모든 걸 파괴하기 시작했다. 근거리에 대한 방어 능력이 전무한 자주포들이 무기력하게 터져 나갔다.

중공군 측에도 방어 병력이 없는 건 아니었으나 백구 부대의 맹렬한 기세를 막아내기엔 역부족이었다.

콰과광!

대공포가 무력화되자 비행선들의 움직임도 보다 자유로워졌다. 배리어를 없앤 비행선들은 폭탄을 쏟아내며 포대 위를 누볐다.

"대단하군."

상황을 지켜보던 김성렬이 탄성을 뱉었다.

"이 정도 전력을 비축해 두다니, 솔직히 말해 부끄럽기 짝이 없소."

-그러실 것 없습니다. 부산은 신서울보다 여러모로 사정이 나았으니까요.

"한데 백구라는 건…… 흰 개를 이르는 뜻이오?"

-아뇨, 갈매기입니다.

"음?"

-갈매기를 다른 단어로 백구라고도 부르거든요.

"아."

부산답다는 생각에 피식 웃는 김성렬이었다.

그리 길지 않은 교전 끝에 강북의 중공군 전차 병력이 소탕

되었다. 뒤늦게 지원 병력이 남하했으나 임성욱은 굳이 교전하지 않고서 물러나는 걸 택했다.

"비행선 타고 튄다! 빨리빨리 올라타라!"

"쇳덩이 발바닥에 불나도록 뛰어!"

백구 부대가 탑승하자마자 비행선들은 돌아보지 않고 한강을 건넜다. 닭 쫓던 개 꼴이 된 중공군의 지원 병력을 향해 강남의 한국군 포격 부대가 포탄의 세례를 선사했다.

결과적으로 서울 북서부의 중공군 병력을 소탕한 셈. 한국군은 그렇게 한숨을 돌리게 되었다.

같은 시각.

북한산의 전황은 혼란으로 치닫고 있었다.

"튀어!"

목청껏 소리치는 밀리아의 머리 위 상공으로 포탄의 궤적이 그려졌다. 그녀를 쫓아오던 흑웅 부대의 한가운데에서 폭염이 솟구쳤다.

콰과광!

고막을 찢어발길 듯한 굉음. 자주포 부대가 쏟아내는 화력은 흑웅들을 불길의 회오리로 몰아넣고 있었다. 덕분에 원래 계획이던 유인책이 기묘하게 맞아떨어지게 됐다. 물론 그 사실에 마냥 기뻐할 수만은 없었지만.

"엎드려요!"

아티샤의 외침 뒤로 폭음이 터져 나왔다. 헨리에타 일행과 얼마 떨어지지 않은 위치에서 솟구치는 폭염. 주작전 무사 한 명이 파편에 맞아 중상을 입었다.

"출혈이 많다, 가만히 있도록."

그렉이 무사에게 다가가 치료를 시작했다. 헨리에타가 돌아보자 그렉이 바로 말했다.

"일단은 급한 대로 지혈만 할 거다. 계속 여기 있다간 우리가 먼저 죽게 될 테니."

"서둘러."

간단한 응급처치가 끝나자마자 아티샤가 부상자를 둘러멨다. 일행은 적절히 산개하여 내달리기 시작했다.

쾅! 콰광!

일행의 뒤쪽으로 연신 포탄이 내리꽂혔다. 곳곳에서 작렬하는 폭염에 흑웅 부대가 우왕좌왕했다.

"정확도 한번 죽여주네."

어느새 뒤따라온 밀리아가 혀를 내둘렀다.

"한국군은 옛날부터 병력 편제가 포병 중심으로 이루어져 왔다고 하더군. 지금도 기간틱 아머보다 자주포가 많을 정도라고 한다."

"그건 또 어디서 주워들은 거야?"

"군사 기록을 열람했다. 이 정도는 기본 아닌가?"

"흥, 난 그런 건 잘 몰라."

"그럴 테지."

"그럴 테지는 뭐가 그럴 테지야?"

옥신각신하는 그렉과 밀리아. 두 사람을 무시하며 내달리던 일행의 앞으로 험준한 절벽이 나타났다.

"어쩌죠?"

"잘됐네. 뛰어넘자."

헨리에타를 필두로 일행 전원이 도약했다. 절벽의 너비는 대략 20m쯤 되었지만 일행의 경공에 비추자면 그리 먼 거리는 아니었다.

"절벽이다!"

"그대로 달려!"

흑웅 부대는 속도를 줄이지 않았다. 헨리에타 일행이 협곡을 뛰어넘은 것을 확인한 바, 자신들도 가능하리라 판단한 것이다.

도약용 제트팩까지 장비했으니 불가능할 것은 없었다.

"저 자식들, 그대로 뛰어넘으려는 모양인데?"

"잘됐네. 도망가는 데에도 지쳤는데."

헨리에타가 저격 소총을 등허리에서 끌렀다. 밀리아의 플래티나 바스타드소드와 마찬가지로 한국 정부의 국방 연구소에서 제공한 병기. 프로토타입 가우스 라이플(Prototype Gauss Rifle)이었다.

탄피 안의 장약을 격발시켜 탄환을 발사시키는 일반 소총과 달리, 가우스 라이플은 자기력을 이용해 탄환을 가속시켜 발사하는 소총이었다.

시제품이다 보니 그 숫자가 많지는 않았다. 대신 탄환의 위력은 소형 레일건이라 할 정도인지라, 내공을 싣지 않고서도 기갑 병기에 치명타를 가하는 게 가능했다.

그만큼 반동도 크다는 게 단점이었지만 헨리에타에겐 그 단점을 상쇄할 방법이 있었다.

뿌득. 뿌드득.

헨리에타의 팔뚝 위로 근육이 두드러졌다. 잘 그을린 구릿빛 피부가 유려한 곡선을 만들었다. 무려 25kg에 이르는, 어지간한 대물 저격총의 2배 가까운 무게의 소총. 그것을 어렵잖게 견착한 헨리에타가 일행에게 말했다.

"귀 막아."

"응?"

"좀 시끄러울 거야. 고막 다치기 싫으면 귀 막아."

바로 옆에 있던 밀리아가 급히 귓구멍에 손가락을 꽂았다.

마침 절벽 위로 흑웅 한 대가 솟구쳤다. 오리 사냥에 나선 사냥꾼처럼 빠르게 총구를 돌린 헨리에타가 방아쇠를 당겼다.

쾅!

청천벽력이나 다름없는 굉음이 협곡을 흔들었다. 다음 순간 일행의 눈에 비친 것은 흉부가 휑하니 꿰뚫린 채 절벽 아래로 추락하는 기간틱 아머였다.

"와!"

여전히 귀를 막은 채로 밀리아가 탄성을 뱉었다. 헨리에타는 포연이 가시지 않은 총구를 다른 흑웅을 향하여 돌렸다.

쾅!

두 번째 사격은 보다 빠르고 날카로웠다. 머리통이 통째로 날아가 버린 흑웅이 움찔거리다가 고꾸라졌다. 사격하는 걸 못 봤다면 자주포 탄환이 스쳐 지나갔다고 생각할 법한 위력이었다.

"내공을 실은 거야?"

"전혀."

밀리아의 입이 쩍 벌어졌다가 닫혔다.

"어지간한 에픽급 이온 라이플보다 강한 것 같은데?"

"대신 반동이 굉장히 세. 보통 인간은 감당하지 못할 거야. 아마 너 같은 육체 강화형 이능력자용으로 만들었겠지."

"내가 쏴봐도 돼?"

"나중에. 그리고 아마 쏘더라도 제대로 맞히긴 힘들 거야."

"반동이 세서?"

"그런 것도 있고…… 영점을 조정했는데도 미묘하게 조준선이 맞질 않아. 시제품이라 문제가 많은 거겠지."

"백발백중으로 맞히고 있으면서 말은 잘해요."

헨리에타가 다시 방아쇠를 당기기 시작했다. 벽력같은 포성이 울릴 때마다 흑웅들이 터져 나갔다. 거기에 자주포의 포격 역시 재개되었다. 협곡 너머로만 포탄이 떨어지는 걸로 봐선 위치 조정을 다시 한 모양이었다. 더더욱 이 위치를 사수할 필요가 생겼다.

"놈들이 건너오지 못하게만 하면 됩니다, 자매들이여!"

심자홍이 소리쳤다. 단도를 비롯한 원거리 전용 무기를 꺼내 든 주작전 무사들이 견제에 가담했다.

과학적 첨가는 조금도 들어가지 않은 평범한 쇠붙이들. 하나 그녀들의 내공이 실리는 순간 어지간한 대물 병기보다도 강력한 위력을 띠게 되었다.

콰과과광!

견제와 포격이 집중되자 흑웅 부대의 전열이 급속도로 무너졌다. 설상가상으로 잇따른 포격으로 인해 절벽이 붕괴되기 시작했다.

"으아아아!"

"크아악!"

낙반으로부터 빠져나오기 위해 흑웅들이 몸부림쳤다. 일행은 그들을 향해 침착하고도 냉정하게 공격을 집중시켰다.

"으으음……!"

지휘실로 돌아온 무백노사의 이마에는 푸르스름한 힘줄이 돋아나 있었다. 서울 점령전이라 할 수 있을 법한 전투는, 그러나 전혀 점령의 기미를 찾을 수가 없게끔 흘러가는 중이었다.

구 서울 시가지에는 아직 제대로 진입조차 하지 못한 상황. 한강 서부로 움직인 전차 부대가 잠시 안착하긴 했으나 금세 패퇴하고 말았다.

정면돌파를 택한 병력은 오히려 북한산에 고립되어 버린 뒤. 중공군은 수적 우위를 전혀 살리지 못하고 있었다.

"맹주, 말씀드리기 송구스러우나 아무래도……."

"노사, 그들은 아직 패하지 않았소."

무백노사의 뒤편, 백호 가죽이 장식된 의자 위. 백진율은 평정을 유지한 채 상황을 관망 중이었다.

"게다가 이제는 합세하고 싶어도 그러기 어려울 것 같소."

"예?"

무백노사는 홱 고개를 돌려 레이더 모니터를 노려봤다. 그러나 서쪽에는 아무것도 포착되지 않고 있었다. 의아함은 잠시뿐.

"설마……!"

9

무백노사는 경악한 얼굴로 백진율을 돌아봤다.

"그, 그, 그……!"

"스텔스(Stealth) 기능 말이오?"

"예, 예. 놈들이 그 기능을 갖췄다는 말씀인지요?"

"아무래도 그런 것 같군."

백진율은 일견 느긋한 태도로 백호좌에 상체를 기댔다.

"놈들이 풍기는 진한 살의가 저릿저릿하게 피부를 찔러 오는데, 레이더망엔 아무것도 잡히질 않으니 말이오."

"그런 말도 안 되는! 아미타불의 탐지망을 속여 넘길 수 있는 이동 병기가 존재할 리 없습니다!"

"동급의 존재라면 아마도 가능하겠지."

"……!"

몸서리가 절로 나는 옛 기억이 노사의 뇌리를 스쳤다.

오래전 천마신교는 침투시킨 첩자로 하여금 3만 톤급 비행전함 아미타불의 설계도를 빼돌리게 했다.

첩자는 즉결 처분 했지만 설계도의 유출을 막을 순 없었다.

하지만 당시엔 그렇게까지 심각하게 여기지 않았다. 설계도를 지녔다고 해봐야 아미타불을 어찌할 여력 따윈 천마신교에 없었던 것이다.

'한데 그 생각이 틀렸단 말인가?'

"사해만방을 비추는 부처의 광휘도, 어둠에서 태어난 마(魔)의 그림자까지는 어쩌지 못하는 모양이로군."

"맹주, 속히 요격 부대를 출격시키겠습니다."

"아무래도……."

백진율의 시선이 천장으로 향했다. 무백노사는 의아함과 불안감이 뒤섞인 얼굴로 그를 바라봤다.

"이미 늦은 것 같군."

"적의 기함입니다! 천마신교의 것으로 추정되는 기함이 레이더에 포착됐습니다!"

"퍽이나 빠르게 보고하는구나!"

신경질적으로 소리친 무백노사가 오퍼레이터에게 다가갔다.

"어디냐! 그 빌어먹을 버러지들은 지금 어디에 있느냐!"

"그, 그것이……!"

"속히 대답하지 못할까!"

새파랗게 질린 여성 오퍼레이터가 딸꾹질을 했다. 그녀의 가녀린 손가락이 레이더 모니터를 가리켰다.

"……!"

아미타불을 나타내는 푸른 광점. 그 위에 적기를 나타내는 붉은 광점이 겹쳐 있었다.

"성공입니다."

천무맹의 전투 기함 아미타불. 그보다 10㎞가량 높은 고도에 천마신교의 기함 삭월이 정지해 있었다.

서로가 육안으로도 보일 정도의 거리. 평면 좌표상으로 동일한 지점까지 접근할 수 있었던 것은 물론 삭월에 탑재된 스텔스 기능 덕택이었다.

"하지만 그것뿐만은 아니겠지."

"예?"

엘레노아가 고개를 돌렸다. 그녀뿐 아니라 삭월의 승무원들 모두가 본인들의 쾌거에 고무되어 있는 참이었다.

"다른 사람은 몰라도 백진율은 우리의 접근을 알고 있었을 거야."

"그렇다면 왜 요격하지 않은 걸까요?"

"글쎄. 그 이유까진 모르겠지만……."

"우리에게 기회가 생겼다는 것만은 분명합니다."

순천자가 말을 받았다. 적시운도 가만히 고개를 끄덕였다.

어쩌면 일부러 내버려 뒀을지도 모른다. 아니, 아마도 그럴 것이다. 백진율은 적시운과 제대로 된 결판을 내고 싶어 하는 게 분명했다. 적시운이 거기에 응해주느냐는 별개의 문제였지만.

"뭐, 어쨌든 우리야 좋은 일이지. 이대로 치고 들어가자고."

"예."

기이이이잉.

삭월의 스텔스 필드가 해제되었다. 이어서 선체 보호용 배리어가 최대 출력으로 전개됐다.

"대장로가 천마신교의 가족들에게 전한다. 전원 강하에 대비하라."

우웅!

삭월의 선체에 강력한 하중이 걸렸다. 마치 줄 끊어진 엘리베이터와 같은 느낌에 승무원들은 숨을 들이켰다.

고오오오!

배리어에 감싸인 수만 톤의 전투 비행함이 지상을 향해 떨어져 내렸다.

그 아래에 위치한 것은 물론 형제나 다름없는 또 하나의 함선, 아미타불이었다.

"적함이 강하해 옵니다!"

"미친놈들!"

비명처럼 고함을 뱉은 무백노사가 충혈된 눈으로 명령했다.

"배리어를! 당장 비상용 배리어를……!"

쾅!

강렬한 충격이 아미타불의 선체를 덮쳤다. 한순간 세상 전체가 내리깔리는 듯한 느낌에 승무원들은 기겁했다.

"으아악!"

"꺄아아악!"

콰과과과과!

삭월에 내리깔린 아미타불이 연평 해역을 향해 떨어져 내렸다. 바로 곁에서 호위 중이던 함선들이 손쓸 겨를도 없었다.

촤아아악!

마치 운석이라도 떨어진 듯, 엄청난 양의 물보라가 솟구쳐 올랐다. 가히 수십만 톤의 바닷물이 하늘로 치솟은 탓에 해역 전반에 걸쳐 대량의 안개가 퍼졌다.

아미타불의 선체 내부는 말 그대로 아수라장.

엄청난 충격 속에서도 흔들림 하나 없었던 이는 백진율과 무백노사 정도였다.

"피해 상황을 보고하라! 배리어는 어떻게 됐나!"

무백노사가 고래고래 고함을 쳤다. 정작 승무원들은 그 말을 들을 겨를조차 없다는 게 문제였지만.

"백병전을 펼치겠다는 거군."

백진율이 나직이 중얼거렸다. 고개를 홱 돌린 무백노사가 두 눈이 살의로 희번덕거렸다.

"결코 그런 만행이 벌어지지 않게 할 것입니다!"

"노사."

"부동명왕! 항삼세명왕! 군다리명왕! 대위덕명왕! 금강야차명왕! 오대존명왕들은 무얼 하고 있나! 어서 아미타불에 달라붙은 적함을 요격하라!"

명왕의 이름이 붙은 것은 호위 역할의 비행순양함들. 아미타불의 곁을 지키는 최후의 보루였다. 한데 그 최후의 보루가 제 역할을 못 한 상황. 물론 불가항력이긴 했으나 그 점이 노사의 분노를 잠재우진 못했다.

"어서 포격을 퍼붓지 못할까!"

"전 함대는 포격을 잠정적으로 중지한다."

무백노사는 하마터면 상대가 누군지도 잊고 악을 지를 뻔했다.

"맹주……!"

"자칫하면 아미타불이 더 크게 파손될 거요. 당장의 피해 상황만 봐도 그렇고. 적함이 폭발하기라도 한다면 우리 또한 휘말리게 될 거요."

"큭……!"

분하지만 옳은 말. 무백노사는 피가 나도록 입술을 짓씹었다.

"저, 적함이 아미타불의 통신 채널에 침투하고 있습니다!"

겨우 제정신을 차린 오퍼레이터가 경악하여 소리쳤다. 무백노사는 앞서와 마찬가지로 고함부터 내지르는 대신 백진율을 돌아봤다. 애초에 천무맹을 비롯한 중공군의 모든 군권을 지닌 이는 그였기에.

"내버려 두도록."

백진율이 말했다. 지휘실 중앙의 대형 모니터 위로 노이즈가 흘러가더니 익숙한 얼굴이 나타났다.

백진율의 입가에는 희미한 미소가, 무백노사의 얼굴에는 격렬한 살기가, 그리고 적시운의 얼굴에는 냉정만이 존재했다.

-길게 떠들 필요는 없겠지. 안 그래?

"그렇다, 적시운."

-싸우자. 너하고 나, 단둘이서 결판을 내는 거다. 그쪽이 쓸데없는 피를 흘리는 것보다는 낫지 않겠어?

"건방진 놈!"

무백노사가 빽 고함을 질렀다. 백진율이 미간을 찡그렸지만 그를 제지하진 않았다.

"천박하고 비루한 버러지들이라도 수하랍시고 이끌게 되니,

네깟 놈이 뭐라도 된다고 착각하는 것이냐? 네놈 따위를 처리하는 데는 맹주께서 나서실 것도 없다!"

-댁이 무백인지 뭔지 하는 늙은이지? 그렇게 짖지 않아도 개새끼라는 건 다 아니까 좀 닥치고 있으셔.

"뭐, 뭐라고?"

-당신의 상대는 순천자가 할 거다.

안 그래도 충혈되어 있는 무백노사의 두 눈에 검붉은 핏발이 도드라졌다. 그대로 내버려 두면 핏줄이 터져 눈망울이 온통 핏빛으로 물들지 않을까 싶을 지경이었다.

"순…… 천자!"

독기라는 표현으로도 부족할 무시무시한 기운이 무백노사로부터 흘러나왔다. 가만히 두었다간 주변을 부패시킬 정도였기에, 백진율이 나서서 기운을 차단시켰다.

노사의 반응을 본 적시운이 차갑게 웃었다.

-오랜만인데 인사라도 하지그래?

모니터에 노인의 얼굴이 나타났다.

푸확!

무백노사는 검붉은 코피를 콧김처럼 내뿜었다. 무공 수위로는 한참 위에 있는 백진율조차도 순간 긴장할 정도의 살기가 흘러나왔다.

반면 순천자는 차분한 얼굴이었다. 하지만 유심히 바라본다면 그의 두 눈에 어린 희미한 감정을 느낄 수 있을 터였다.

살의와 적개심과 아련함과 동정심. 순천자는 착잡하다는 표현이 어울릴 낯빛이었다.

-오랜만이구려, 사형.

"나를 사형이라 부르지 마라!"

기어코 터져 나온 사자후에 오퍼레이터들의 낯빛이 창백해졌다. 백진율은 내심 혀를 찼으나 이번에도 무백노사를 내버려 뒀다.

-나도 당신을 사형이라 부르고 싶지 않소.

"너 같은 천출 놈도 사람 구실을 하게끔 만들어준 사문을 배반하고 강호를 저버린 죄! 천 번의 죽음으로도 다 갚지 못할 것이다."

-갚지 못할 것이 아니라 갚지 않을 것이오. 나는 아무것도 강호에 빚지지 않았으니.

"네놈! 어찌 낯빛 하나 바꾸지 않고서 그런 말을 지껄일 수가 있느냐!"

-빚을 갚아야 할 강호라는 게 더 이상 남아 있기나 하오?

순천자의 눈에 선명한 경멸이 어렸다.

-내가 그날 사형을 죽이지 않은 것은 복수심 때문이었소. 불구자로서 평생을 굴욕 속에서 사는 것이 죽음보다 더한 복수일 테니까.

"그래, 알고 있었다. 하지만 네놈은 틀렸어! 나는 굴욕보다 더한 복수심으로 부활했다."

무백노사의 얼굴이 광소로 일그러졌다.

"그리고 난 네놈의 모든 것을 앗아갔다. 네놈이 모시게 된 천마의 계집을 쳐 죽인 것도, 나아가 놈의 목숨을 거둔 것도 모두 이 몸이었지."

적시운은 놀란 눈으로 순천자를 돌아봤다. 아마도 이쪽 세계의 천마는 무백노사에 의해 죽음을 맞은 모양이었다.

-수백 년도 전에 말이오.

순천자는 무거운 한숨을 토했다.

-나는 더 이상 사형에게 복수심을 느끼지 않소. 나는 그저…… 안타까울 따름이오.

"헛소리!"

-생각해 보시오, 사형. 우리의 몸속엔 뼈와 피 대신 강철 골격과 특수 체액이 흐르고 있소. 이미 우리는 순천자와 현원자로 불리던 시절과는 너무나도 달라져 버렸소.

"기계 몸뚱이에 갇히게 되었더라도 나의 영혼은 빛바래지 않았다. 네놈과 천마신교를 완전히 말살하기 전까지 나의 영혼은 죽지 않는다!"

-나는 사형이 왜 그리 증오심을 불사르는지 알고 있소.

"그야 당연히 네놈에 대한 원한……."

-절대 아니오.

순천자가 단호히 말했다.

-복수. 그것이 아니면 더 이상 살아갈 이유가 없기 때문이오. 복수심만이 사형이 살아 있는 증거이니.

"그런 헛소리로 나를 기만하려는 것이냐?"

-대답이나 해보시오. 가족들, 가장 소중히 여겼던 이들의 얼굴. 기억이나 나시오?

무백노사의 움직임이 덜컥 멈췄다. 백진율은 처음으로 자신의 스승이 기계처럼 느껴진다는 사실에 전율했다.

노사의 눈동자가 부자연스럽게 상하좌우로 굴렀다. 인간의 눈으로는 도저히 낼 수 없는 움직임. 그 순간의 무백노사는 오류투성이 기계, 그 자체였다.

"나, 나는……!"

-인정하시오, 사형. 우리는 그저 죽을 시기마저 놓쳐 버린 가련한 망령들에 불과하오.

"나는!"

백진율이 무백노사를 옆으로 밀쳤다. 부드럽지만 단호한 손길. 놀랍게도 그 순간 무백노사의 혼란이 거짓말처럼 사라졌다.

"노사는 내 뒤만 따라오면 되오."

천무맹주의 한마디. 무백노사의 눈망울이 촉촉해졌다.

"매, 맹주……!"

"훌륭한 일장연설 잘 들었소. 그렇더라도 이 싸움은 반드시 결판이 나야만 하오."

백진율이 순천자를 향해 말했다.

"사숙."

제50장
고금제일인(1)

1

-사숙…… 이라.

순천자의 음성엔 희미한 충격이 깃들어 있었다.

백진율은 무백노사의 제자, 그리고 노사는 순천자의 사형이니, 항렬을 따지자면 사숙이란 표현이 틀린 것은 아니었다.

물론 이는 어디까지나 일반적인 관계에서나 통용되는 개념. 이들의 관계와는 백만 광년쯤 떨어진 이야기일 수밖에 없었다.

-이렇게 직접 얼굴을 맞대고 대화를 하는 건 처음이로군, 천무맹주.

"그렇소."

-나를 사숙이라 불렀다는 건 나에 대한 최소한의 예우를 지키겠다는 의미로 받아들여도 되겠나?

"그렇게 생각하더라도 무방할 거요."

-그렇다면 자네의 사숙으로서 하나만 말하겠네. 당장 이 무의미한 상호 파괴 행위를 중단하게. 그리고 천무맹을 해체하게.

"놈!"

무백노사가 핏대를 세우며 소리쳤으나 백진율이 손을 들어 제지했다.

"전쟁을 멈추고 천무맹을 해체하라, 그런 뜻이오?"

-그렇네.

"그럼 천마신교도 해체하겠다는 의미라 봐도 되겠소?"

순천자가 적시운을 돌아봤다. 적시운은 백진율을 응시한 채 고개를 살짝 끄덕였다.

-이 갈등을 끝맺을 수 있다면 얼마든지.

"그래야 하는 이유는?"

-뻔한 것 아닌가? 이미 수많은 이가 목숨을 잃었네. 그보다 많은 이가 이 전쟁으로 죽어 나갈 테고.

"그건 이유가 되지 않소. 인류의 역사는 그 무의미한 죽음이라는 토대 위에 세워진 것이니까."

-그 토대를 더 쌓다간 인류 전체가 멸망하게 될 걸세.

"아닐 수도 있지."

순천자는 거대한 벽 앞에 서 있는 기분을 느꼈다. 증오심에 미쳐 있는 무백노사와는 다른, 그러나 더더욱 갑갑한 느낌이었다. 순천자는 그 이유를 알 것 같았다.

-자네는…… 사형 이상으로 이 전쟁에 희열을 느끼고 있는 모양이군.

백진율의 입가에 희미한 미소가 걸렸다.

"그럴지도."

-자네는 내가 무슨 말을 하더라도 이 전쟁을 중단하지 않을 것이야. 내 말이 맞나?

"정확하오, 과거의 망령이여."

백진율의 시선이 적시운에게로 향했다.

"나는 네게 최후의 통첩을 보냈다. 그리고 너는 천마신교를 이끌고서 나타났지. 이걸 내 통첩에 대한 너의 대답이라 봐도 되겠지?"

-글쎄. 네가 말한 통첩이란 게 뭔지 잘 기억이 나지 않아서.

"이죽거리는 것은 예나 지금이나 다를 게 없군."

무표정한 얼굴, 그러나 두 눈에는 진한 살기. 백진율은 진심으로 적시운을 죽이고야 말겠다는 표정이었다.

"처음 봤을 때부터 네놈이 재수 없었어."

-피차 동감이야.

"네가 아끼는 사람들의 눈앞에서 숨통을 끊어주지. 내려와라, 비천한 조선 새끼야."

-그래. 지금 갈 테니 기다려라, 중국산 개자식아.

두 개의 집단, 나아가 국가의 명운까지 걸린 싸움의 시작이라기엔 너무나 저속한 대화. 그러나 그것이야말로 적나라한 인간의 본성이기도 했다. 애초에 거의 모든 갈등의 시작점은 대개 그런 것이기 때문이다.

"나는 네가 싫다. 최강이어야 할, 고금제일인이어야 할 내 자리를 위협하는 네가, 아무런 노력과 고통도 없이 힘을 얻은 네가."

백진율의 얼굴에 솔직한 심정이 드러났다. 강렬한 살기, 그리고 적의.

"그래서 널 부숴 버릴 거다. 다른 이유 따윈 필요 없어. 천무맹도 천마신교도 개의치 않는다. 너와 나, 단둘이서 끝장을 보는 거다."

-알았으니까 작작 짖어. 듣는 사람께서 귀 아프시다.

"오냐, 그러마. 이제 그만 닥치고 내려와라."

-갈 테니까 닥치고 기다리셔.

적시운과 백진율이 거의 동시에 몸을 돌렸다. 두 사람으로 인해 도리어 당혹스러워진 쪽은 무백노사와 순천자였다.

"매, 맹주……!"

"당신의 소원을 이뤄드리겠소, 스승이여."

백진율은 단호한 얼굴로 말했다.

"나는 적시운을 죽일 거요. 천마의 후계자를 말살함으로써 일찍이 어느 누구도 이르지 못한 고금제일인의 자리에 오를 것이오."

"……!"

"전투는 노사가 알아서 지휘하시오. 나는 신경 쓰지 않겠소."

"아, 알겠습니다."

백진율에게 압도된 무백노사로서는 그저 깊이 허리를 숙일 도리밖에 없었다.

그것은 순천자도 마찬가지. 해치로 향하는 적시운을 불러 세우고자 했으나, 정작 그 이후에 할 말이 떠오르질 않았다.

"내가 놈과 맞붙게 될 때가 기회라고 생각해."

"예?"

멍하니 고개를 드는 순천자. 적시운은 태연한 얼굴로 말을 이었다.

"백도 놈들은 쓸데없는 허례허식에 집착하게 마련이잖아?"

"그, 그건 그렇지요."

"자기네 대장이 일대일 대결을 펼치는데 차마 방해하겠다는 생각은 떠올리지 못하겠지. 그러니 그 심리를 이용해야지."

"아……."

"적당한 타이밍은 당신이 알아서 재도록 해. 나는 백진율과 싸우는 것만으로도 벅찰 것 같으니."

"아, 알겠습니다."

적당히 손을 저은 적시운이 해치 앞에 섰다. 어느새 다가온 엘레노아가 장검 한 자루를 내밀었다.

"마검 수라살(修羅殺)이에요. 옛 천마님의 애병이었던 천귀수라를 목표로 제작된 합금검 중 하나예요."

적시운은 검을 받아 들었다. 마검이라고는 하나 특별한 기운 같은 게 느껴지진 않았다. 물론 그런 것은 필요하지도 않았다.

"적시운 님의 강기도 버텨낼 수 있을 거예요."

"그거면 충분해."

북미 제국에서 가져온 운철검도 슬슬 한계를 보이던 시점이었다. 아마 몇 차례 수라강기를 더 받아들였다면 동강이 났으리라.

적시운은 시험 삼아 수라살에 검강을 주입했다. 은은한 검명과 함께 검신에 새겨진 범어(梵語)가 푸른빛으로 빛났다.

"천마천하(天魔天下) 격멸무림(擊滅武林)이라는 뜻이에요."

천마신교의 기치 그 자체라 할 수 있었다. 적시운은 고개를 끄덕이고서 기운을 거두었다.

"다녀올게."

"네, 적시운 님. ……꼭 살아서 돌아오세요."

"그럴게. 너도 살아남아라."

엘레노아가 상기된 얼굴을 끄덕였다. 적시운은 서서히 열리는 해치 바깥으로 걸음을 옮겼다.

쿠우우우우.

아미타불과 밀착되어 있던 삭월이 위쪽으로 부유하기 시작했다.

적시운은 아미타불의 상부 갑판으로 내려섰다. 멀지 않은 위치의 해치가 열리며 백진율이 올라왔다.

곳곳이 부서지고 뜯겨 나간 함선의 위. 백도무림의 적통과 흑도무림의 사생자는 서로를 향해 마주 섰다.

"너답군."

백진율이 돌연 피식 웃으며 말했다.

"이곳을 싸움터로 택해 싸우는 와중에 아미타불에도 피해를 입히겠다는 생각이겠지. 얄팍하고 교활하기 짝이 없군."

"그게 왜? 잘나신 천무맹주님이라면 그 정도 페널티는 감수해야 하는 것 아닌가?"

"물론 이까짓 불이익쯤은 얼마든지 감수해도 상관없다……고 하고 싶지만."

백진율의 미소가 기괴하게 일그러졌다. 순간 적시운은 그가 이전과는 달라졌음을 깨달았다.

"네놈의 뜻대로 흘러가게 두진 않는다."

"……!"

적시운이 반사적으로 바닥을 박찼다. 그러나 백진율이 한 발 빨랐다.

"포효하라, 염은하(念銀河)!"

백진율이 허리춤의 장검을 뽑았다. 순간 백색의 빛줄기가 검갑으로부터 뿜어져 나와 상공을 향해 치솟았다.

삭월이 그곳에 있었다.

번쩍!

백색 섬광이 사위를 집어삼켰다. 삭월을 두르고 있던 배리어는 백진율이 발한 무시무시한 검강에 너무나 간단히 소멸했다.

콰드드득!

배리어를 뚫고 들어간 검강이 삭월의 하부 장갑 위로 내달렸다. 최고 수준의 합금속 반응 장갑이 나무껍질처럼 뜯기고 부서져 나갔다. 그리고 그 뒤를 잇는 폭염.

콰과광!

짐승이 피를 토하듯 삭월의 장갑 사이로 불길이 비어져 나왔다. 수만 톤에 이르는 초대형 비행 전함이 기우뚱 흔들렸다.

그리고 아래쪽, 아미타불을 향해 추락하기 시작했다.

"이런 개새끼가!"

"자기가 자주 하던 짓거리를 당하고 나니 눈이 뒤집히는 모양이지?"

"닥쳐!"

수라살을 뽑아 든 적시운이 내달렸다. 흑색 수라강기가 미쳐 날뛰는 늑대처럼 아미타불의 갑판 곳곳을 할퀴고 뜯어냈지만 백진율은 반응하지 않고서 기다렸다.

[냉정을 찾게! 놈은 이미 각오를 다진 걸세!]

천마의 외침에 적시운은 속도를 늦췄다.

'각오를 다졌다고?'

[자네와의 일전으로 이곳의 모든 것이 파괴되더라도 개의치 않겠다고 결심했을 걸세. 놈은 그런 각오로 싸움에 응한 것이야.]

잃을 게 없는 자는 두려울 게 없다. 지금의 백진율이 그러했다.

'반면 나는……'

적시운은 입술을 깨물었다.

안 그래도 둘의 무공 수위는 극히 미세한 격차. 그런 마당에 삭월과 신도들에게 신경을 쓰는 건 패착이 될 수 있었다. 군사과학의 정점이나 다름없는 비행 전함이 인질이 되어버린 셈이었다. 실로 어처구니없는 일. 그러나 이것이야말로 진정 초인들 간의 싸움이었다.

[자네도 각오를 다져야 하네.]

"……알겠어!"

적시운은 강하게 진각을 밟았다. 바닥의 강철판이 종잇장처럼 우그러졌다. 실로 무시무시한 경력을 발끝으로 토하며, 적시운은 백진율을 향해 쇄도했다.

쾅!

두 사람의 검격이 충돌했다. 그것만으로도 거대한 충격파가 생겨나 사방으로 소용돌이쳤다. 그 위력은 추락하던 삭월마저 일순 주춤하게 할 정도.

콰과과과!

충돌로부터 흘러나온 강기의 여파가 두 함선 사이로 내달렸다. 그사이 적시운과 백진율의 신형은 허공으로 치달았다. 두 사람은 구름과 구름 사이를 누비며 잇따라 충돌했다. 그럴 때마다 뇌성벽력이 잿빛 하늘을 가득히 뒤덮었다.

"크……!"

엎어져 있던 순천자가 몸을 일으켰다. 그나마 그는 양호한 편. 다른 승무원들 중엔 치명상을 입은 이도 적지 않았다.

"피해 상황을 보고하라!"

"제3엔진이 파손되었습니다! 하층부의 3할이 소실되었습니다. 추가 피해를 파악 중입니다!"

"아미타불과 충돌합니다."

쿠우웅!

두 번째 충격이 삭월을 덮쳤다. 배리어가 소멸한 직후였기에 아까 전의 충돌과는 느낌이 사뭇 다를 수밖에 없었다.

같은 설계도로부터 태어난 두 비행 전함은 샌드위치처럼 겹친 채로 바다 위에 떴다. 상황을 보건대 서로가 포격을 갈기기엔 어려워 보였다.

"사이좋게 공멸하길 바란다면 또 모르겠지만 말이군."

사형의 생각이 어떤지는 몰라도 순천자는 그러고 싶지 않았다. 자신의 목숨에 미련은 없으나 젊은 신도들의 목숨을 허무하게 날리고 싶진 않았다.

그렇다면 답은 하나뿐이었다.

"천마신교의 아들, 딸들에게 전한다."

순천자의 음성이 삭월 전체에 울렸다.

"전 승무원은 백병전을 준비하라."

콰과과광!

연평도의 대지 위로 어마어마한 흙먼지가 피어났다. 일진광

풍과 함께 먼지구름이 흩어지며 두 줄기의 섬광이 서로를 향해 짓쳐 들었다.

콰!

수만 톤의 TNT를 터뜨린 듯한 거대한 폭발이 섬 전체를 뒤흔들었다. 거북이 등처럼 지반이 갈라지는 가운데 흑과 백의 빛줄기가 상공으로 치솟았다.

막상막하.

적시운과 백진율의 뇌리를 거의 동시에 스쳐 지나가는 생각이었다.

'괴물 같은 놈.'

백진율이 자조적인 미소를 지었다.

'이렇게까지 노력하고 또 노력했는데, 결국 지척까지 따라왔단 말이냐.'

적시운 역시 희미한 고소를 머금고 있었다.

'이렇게까지 했는데도 호각을 이루는 정도라는 건가?'

[확실히…….]

천마가 질렸다는 어조로 중얼거렸다.

[고금제일을 들먹일 만한 자격은 갖췄군. 자네도 백진율도.]

2

'그런 건 아무래도 좋아.'

적시운은 날아드는 검강을 후려쳤다. 궤도가 비틀린 검강의 다발이 해수면에 떨어지며 집채만 한 물보라를 일으켰다.

'놈을 해치울 방법이 없겠어?'

[싸우는 건 본좌가 아니라 자네 아니던가?]

'조언 정도는 해줄 수 있잖아.'

[지금 이게 조언이 필요한 상황 같지는 않네만. 몇 마디 말로 쓰러뜨릴 만큼 백진율이 만만한 상대가 아닐세.]

하기야 몇 마디 힌트로 쓰러뜨릴 상대였다면 힌트 자체가 필요하지도 않았을 것이다.

'그래도…… 뭔가 최강의 절초라거나 필살기 같은 것 없는 거야?'

[최강의 절초?]

'그래, 무공엔 꼭 그런 게 하나씩은 있잖아.'

[천마신공의 극의는 단순한 일초에 담아낼 수 있는 게 아닐세.]

'변명은.'

쿠구구구!

백진율의 신형이 상공으로부터 떨어져 내렸다. 적시운은 연평도의 옛 시가지를 질주하며 거리를 벌렸다.

쾅!

지상을 후려치고서 방향을 전환한 백진율이 적시운을 뒤쫓았다. 거대한 폭염이 그 뒤를 따랐다.

콰드드드드!

내달리는 두 사람의 주변으로 음속의 충격파가 연신 폭발하며 대지를 유린했다.

[검법, 권법, 보법의 삼법과 독공, 외공, 경공의 삼공. 이 모든 것은 천마신공의 기반에 지나지 않네. 그 궁극의 경지에 이르게 되면 더 이상 법과 식, 형태와 구성은 중요치 않게 되네.]

세상이 뒤집힐 듯한 굉음. 그 안에서도 천마의 목소리는 나직하고도 선명했다.

[자네는 이미 그 경지에 올라섰네. 더 이상 형과 식은 중요치 않네.]

백진율이 지척까지 따라붙었다. 적시운은 신형을 반전하며 진각을 크게 밟았다. 콘크리트 바닥이 쩍 갈라지며 강기의 회오리가 요동쳤다.

[생각 없이 내지르는 주먹에도 천랑권의 묘리가 담겨 있으며 무의식중에 걷는 걸음에 천하보의 모든 것이 실려 있네.]

적시운과 백진율이 누가 먼저랄 것 없이 주먹을 뻗었다. 아음속으로 서로에 짓쳐 든 흑백의 섬광이 자석처럼 서로를 향해 빨려들었다.

번쩍!

연평도의 도심이 빛에 삼켜졌다. 시커먼 강기 다발이 섬광을 뚫고서 채찍처럼 사방을 후렸다. 그 뒤를 따라 거대한 폭발이 터져 나왔다.

좌아아악!

해안까지 튕겨져 나와 수면 위로 미끄러지는 덩어리 하나. 적시운의 몸이었다.

그 엄청난 폭발과 열기 속에서도 옷가지가 약간 그을린 것 말고는 타격이 거의 없었다.

[자네의 육체가 바로 천마신공 자체인 것이네.]

"그러니까."

적시운은 바닷물을 머금고서 입안을 헹궜다. 짜디짠 맛에 절로 미간이 찌푸려졌다.

"결국 초필살기는 없다는 거잖아."

[언제나 중요한 건 필살기가 아닌 기본기일세. 게다가 최강의 절초라는 것 자체가 신기루나 다름없지 않나?]

그건 그랬다. 무공이란 결국 한정된 내공과 체력을 최대한 효과적으로 배합해 펼치는 일련의 과정. 아무리 절세의 신공이라 해도 주어진 한계를 넘어설 순 없다.

희대의 마공이니 뭐니 하는 것도 다 그만한 리스크를 짊어진 것들. 수명을 깎아낸다거나 정신이 붕괴된다거나 하는 위험을 감수해야만 했다.

"그런 건 역시 피해야겠지. 써봤자 생각만큼 좋지도 않을 테고."

단순히 이기기만 하는 건 의미가 없었다. 이기고도 무사히 살아남아 돌아가는 것. 적시운의 목적은 어디까지나 그것이었기에.

결국은 주어진 여건하에서 최선을 다하는 수밖에 없었다. 언제나 그래 왔듯이.

다행히도 이번엔 선택의 폭이 넓었다.

'가진 것을 모조리 쏟아붓는다.'

섬을 집어삼킨 불길 속에서 신형 하나가 걸어 나왔다. 백진율이었다. 적시운과 마찬가지로 별다른 타격을 입지 않은 모습이었다.

"후우."

가볍게 심호흡을 한 적시운은 천마신공의 내공을 좀 더 끌어올렸다. 지금까진 육체에 과부하를 주지 않는 선에서만 기운을 끌어 썼다면, 지금부터는 좀 더 무리할 필요가 있었다. 더불어 또 하나의 힘 역시.

쿠구구구.

적시운이 발한 염동력이 백진율을 사방에서 짓눌렀다. 그러나 별다른 효과는 보지 못한 채 상쇄되었다.

'이능력 억제 장치.'

아마도 팔부신중이 그랬던 것처럼 몸속에 이식해 둔 모양이었다.

'그렇다면…….'

적시운은 고심했다. 뭔가 괜찮은 방법이 떠오를 것 같기도 했다. 하지만 그 이상 생각을 이어 나가진 못했다. 백진율이 곧장 쇄도해 왔던 것이다.

콰!

또다시 섬을 뒤흔드는 충격. 산산이 쪼개지는 무인도에서 두 초인은 수백 번의 공방을 교환했다.

기이이잉!

연평도 인근 해역. 추락한 두 비행 전함은 도킹에 들어가고 있었다.

삭월의 하부 해치와 아미타불의 상부 해치가 사이가 연결되었다. 접이식 간이 통로가 위아래를 잇는 형태. 덕분에 천마신교 입장에선 구덩이로 뛰어드는 형국이 되어버렸다.

"우리의 목표는 아미타불의 지휘실을 통제하에 넣는 것이다."

검을 뽑아 든 순천자가 마이크를 집고서 말했다. 나직한 음성이 삭월 곳곳의 스피커를 통해 흘러나왔다.

"목숨을 바치라고는 하지 않겠다. 위험하다 생각되면 퇴각하거나 숨도록. 둘 다 여의치 않을 경우엔 차라리 투항하라."

과연 그 말을 곧이곧대로 따를 사람이 몇이나 있을지는 의문. 그렇더라도 순천자는 말해야만 한다고 생각했다.

"명심하라. 우리는 죽기 위해 싸우는 게 아니라 살기 위해 싸우는 것임을."

"거짓말."

마이크를 뗀 그의 옆에서 엘레노아가 나직이 속삭였다.

"그렇게 말씀하시는 대장로님도 목숨을 걸려고 하고 계시잖아요."

순천자는 빙긋 웃었다. 어릴 적부터 보아왔지만 참으로 눈치가 빠른 아이였다.

"가능하면 최대한 살아보도록 노력할 거란다."

"제가 대장로님 곁에 있겠어요."

단단한 결의로 반짝이는 푸른 눈동자. 고개를 끄덕인 순천자가 열린 해치 너머를 내려다봤다.

"먼저 가마."

순천자는 해치 안으로 뛰어내렸다.

팟.

아미타불 측에서도 해치를 열어두고 있었다. 덕분에 부수고 들어가는 수고는 덜게 되었다. 물론 해치가 열려 있다는 게 무슨 뜻인지는 생각할 것도 없었다.

쉬릭!

아미타불 쪽 해치 안으로 들어서자마자 암습이 날아들었다. 순천자는 상반신을 비틀듯 회전시키며 공격을 받아쳤다.

파지직!

스파크가 번쩍이며 암습자들이 덜컥 튕겨졌다.

육체를 기계화한 까닭에 내공을 잃은 순천자였다. 그렇기에 펼칠 수 있는 것은 외공뿐. 때문에 나름의 방법을 고안해 냈다. 조금 전의 스파크 또한 그중 하나. 순천자의 육체는 충분한 살상력을 갖춘 고압 전류를 방출하는 게 가능했다.

"내공에 비하면 여러모로 아쉬운 점이 많지만……."

서걱!

배후에서 짓쳐 든 칼날이 등허리를 갈랐다. 그러나 오히려 습격자의 칼날이 부러졌다. 찢겨진 무복 속에서 금속성의 표피가 번뜩였다.

"이렇게 장점도 적지 않지."

"괴물 새끼!"

천무맹 무사가 검을 찔러 넣었다. 강력한 맹독을 머금은 칼날은, 그러나 이번에도 흠집 하나 내지 못한 채 부러져 나갔다.

"흠."

몸을 숙인 순천자가 바닥을 짚었다. 무사들이 흠칫하여 짓쳐 들었으나 다음 순간 대량의 고압 전류가 손바닥을 통해 흘러나왔다.

파지지직!

압도적인 전류 앞에선 내공도 무의미했다. 무사들은 새카맣게 탄화되어선 널브러졌다.

상황이 종료된 것을 확인하고서야 다른 이들이 내려섰다. 몸을 일으키는 순천자의 상체에 엘레노아가 외투를 덮어주었다.

이와 같은 전투가 아미타불 곳곳에서 펼쳐지고 있었다.

수십 개의 해치를 통해 진입하는 천마신교의 교도들, 어떻게든 이를 막으려는 천무맹 무사들.

현존 최고 수준의 기술력으로 만들어진 두 전함의 운명이, 고전적인 백병전으로써 판가름 나게 된 셈. 어찌 보면 꽤나 아이러니한 일이었다.

"그대로 꿰뚫는다! 단번에 치고 들어가 놈들의 심장부를 장악하자!"

"막아라! 저 천한 것들을 아미타불 안에서 몰아내어야 한다!"

일진일퇴의 공방이 계속되었다. 대부분의 전투 장소가 좁은 통로. 그렇다 보니 병력의 양보다는 질이 중요했다. 그런 까닭에 순천자가 속한 무리는 짧은 시간 동안 제법 깊은 곳까지 파고들 수 있었다.

"하지만 그것도 더 이상은 무리요."

식당으로 쓰이는 듯한 제법 널찍한 공간. 한 사내가 그 안에 덩그러니 서 있었다.

무장이라고는 허리에 찬 검 한 자루뿐. 그러나 수천 병력을 홀로 압도하는 위압감이 사내에게서 흘러나오고 있었다.

"보아하니……."

순천자의 눈매가 가늘어졌다.

"자네가 마지막 남은 사신전주인 모양이군."

"백호전주 남궁혁이오."

창궁검왕 남궁혁. 제석천을 비롯한 천무맹 12강이 궤멸한 지금, 실질적인 천무맹의 3인자라 할 수 있었다.

물론 12강이 건재했더라도 그의 입지는 결코 흔들리지 않았을 터였다. 하지만 12강 대다수가 사라진 지금은 거의 확고부동하다 할 수 있었다.

"그런 자네가 여기 있다는 것은……."

"이곳을 통과하면 얼마 안 가 지휘실에 다다를 수 있소. 물론 귀하라면 이미 잘 알고 계실 테지만 말이오."

동일한 설계도에서 태어난 배다른 형제. 아미타불의 내부 구조는 삭월과 거의 일치했다. 덕분에 순천자 일행이 빠르게 이곳까지 올 수 있었던 것이고.

"사형…… 아니, 무백노사도 그곳에 있는가?"

"그렇소."

짤막히 대꾸한 남궁혁이 조금 뜸을 들이다 덧붙였다.

"무척이나 귀하를 만나고 싶어 하더군."

"그런가……."

"내가 만류하지 않았다면 노사 본인이 이 자리에 나왔을 것이오."

"다시 말해 그런 사형을 만류할 정도로 자네의 영향력이 대단하다는 뜻이군."

"딱히 그런 의미로 한 말은 아니오만."

"그럴 테지. 여타 천무맹 12강과 달리 검소하고 모범적인 성격으로 유명한 자네이니."

남궁혁의 눈매가 살짝 꿈틀거렸다.

"세인들이 붙여준 창궁검왕이란 칭호도 부담스러워할 만큼 겸손하며 천무맹에 충성을 다하면서도 적을 예우할 줄 아는 호인이라더군. 무위로는 제석천과 어깨를 나란히 하나 인품은 훨씬 빼어나다던가."

"어울리지 않게 아부하려는 것이오?"

"그저 알려진 정보를 읊어봤을 뿐이네. 그 반응으로 보건대 자네는 옳고 그름을 판단할 정도의 안목은 지닌 모양이군."

"……"

"그렇다면 이 전쟁의 부당함과 천무맹의 폐해에 대해서도 인식하고 있겠지. 그렇지 않은가?"

남궁혁의 얼굴에서 감정이 사라졌다. 그의 눈빛이 차갑게 식는 것을 보면서도 순천자는 포기하지 않았다.

"자네가 진정한 협사라면, 저 오랜 옛날 백도무림을 지탱하던 의인들에 버금가는 사내라면 부디 옳은 판단을 내려주게."

"내가 내릴 판단은 하나뿐이오."

스르릉.

남궁혁이 허리춤의 검을 뽑아 들었다.

"선수를 양보할 것인지 말 것인지. 원래는 양보할 생각이었으나 그럴 필요는 없을 듯하군."

"남궁혁."

"백호전주 남궁혁. 의제인 황사룡의 원한을 이 자리에서 갚겠소."

"……!"

"사룡을 죽인 것이 적시운이니, 그 수하들인 그대들에게 복수하는 것이 이치에 맞지 않는 일이라고는 보지 않소."

푸확!

무시무시한 살기가 남궁혁에게서 흘러나왔다. 그 기운이 어찌나 진득한지 제법 밝은 느낌이던 방 안이 순간적으로 어두워진 것만 같았다.

“싸울 채비를 하시오, 적이여.”

3

“대장로님, 제게 기회를!”

두 자루의 단도를 쥔 엘레노아가 앞으로 나섰다. 그러나 순천자는 엄격한 얼굴로 고개를 저었다.

“네가 상대할 수 있는 사내가 아니니다.”

“하지만……!”

“지금부터 네가 이들을 지휘하거라.”

엘레노아의 눈동자가 흔들렸다.

“네?”

“삭월의 구조는 잘 알고 있겠지. 이 함선의 구조도 동일하니 지휘실까지 찾아가는 건 어렵지 않을 것이다.”

“대장로님을 두고 그럴 수는……!”

“대장로의 명령이다, 호법당주.”

엄격한 음성에 엘레노아가 움찔했다. 이를 지켜보던 남궁혁은 나직이 혀를 찼다.

“빠져나가게 내버려 둘 것 같소?”

순천자가 대답 대신 손을 뻗었다. 왼 손바닥이 돌연 위아래로 갈라지더니 자그만 총구가 튀어나왔다.

쾅!

순천자의 손바닥이 불을 뿜었다. 남궁혁의 신형이 흐릿해지나 싶더니 사라졌다. 목표를 잃은 탄환은 애꿎은 합금벽에 틀어박혔다.

스슥!

남궁혁의 신형은 순천자의 눈앞에 나타났다. 엘레노아가 반사적으로 단도를 내뻗자 남궁혁의 검신 역시 구렁이처럼 요동쳤다.

차차창!

눈 깜빡할 새에 펼쳐진 공방. 날카로운 금속성과 함께 단도 한 자루가 천장에 틀어박혔다.

"칫!"

검을 놓친 엘레노아가 권격을 뻗었다. 꽉 쥐어진 손아귀 사이로 선혈이 흐르고 있었다.

"그 나이치고는 제법이지만."

남궁혁의 검신이 재차 요동쳤다. 남궁가 제왕검의 이름에 걸맞은 강맹한 강기가 그녀의 팔을 쪼개놓을 기세로 방출됐다.

카앙!

남궁혁의 눈에 이채가 스쳤다. 충분한 살의를 담은 제왕검은 엘레노아에게 닿지 못한 채 허공에 붙들렸다.

순천자가 한 손으로 검신을 붙들고 있었다. 산불처럼 날뛰는 검강으로 인해 손아귀의 표피가 떨어져 나가고 강철 수골(手骨)이 드러났다.

"가라, 엘레노아."

순천자가 단호한 어조로 말했다.

"더 있어봐야 방해만 된다."

엘레노아가 입술을 질끈 깨물었다. 순천자의 말이 사실임을 실감했던 까닭이다.

"꼭 살아남으세요, 대장로님."

한마디를 남긴 그녀가 몸을 돌렸다. 그녀의 지휘를 받은 교도들이 우르르 방을 빠져나가는 걸 느끼며 순천자는 중얼거렸다.

"노력해 보마."

남궁혁이 한 걸음 뒤로 물러났다. 앞서 내뱉었던 서슬 퍼런 말과는 달리 달아나는 천마신교도들을 뒤쫓거나 하진 않았다.

"고맙구먼."

"감사할 것 없소. 내가 아니더라도 저들을 처리할 인력은 충분하다고 판단했을 뿐이니."

남궁혁이 차갑게 대꾸했다.

"차라리 내게 제압당하는 편이 나았을 거요. 그랬더라면 최소한 편안한 죽음을 맞았을 테니."

"저들은 다르다는 건가?"

"귀하의 수하들은 처참하게 유린당할 거요. 남성들은 병신이 되고 여성들은 노리개가 되겠지. 시체만도 못한 신세가 되어 비참한 삶 속에서 죽음을 갈망하겠지."

"자네보다 꽤나 오래 산 입장에서 한마디 하자면."

쉭!

순천자의 옷자락 속에서 무언가가 사출됐다. 무의식중에 그것을 붙잡은 남궁혁은 허공에 희미한 무언가가 반짝이는 것을 보았다. 옷자락에서 손아귀까지 이어지는 가느다란 은사.

"개똥밭에서 굴러도 이승이 낫다네."

파지지지직!

실내가 온통 청백색으로 물들었다. 일반 무사들을 상대로 했을 때와는 비교도 안 되는 초고압 전류가 텅스텐 합금 은사를 타고 흘렀다. 그 목표는 물론 남궁혁.

빠직!

어마어마한 뇌격이 남궁혁을 강타했다. 눈을 멀게 할 것 같은 광채 속에서 인간의 육체 따윈 삽시간에 탄화되어 흩날릴 것이었다. 보통의 인간이라면.

"뇌전의 격류는 그 무엇보다도 빠르다지만."

섬광 밖으로 흘러나오는 음성. 남궁혁의 목소리는 차분했다. 순천자도 어느 정도 예상한 바였기에 당황하거나 낭패감을 느끼진 않았다.

"대비만 해둔다면 얼마든지 막아낼 수 있소."

"그럴 테지."

남궁가의 제왕검은 뇌공(雷功)의 성격도 어느 정도 띠고 있다. 남궁혁은 그 정통 계승자. 그런 만큼 초고압 전류에 대한 내성과 대처법도 갖추고 있을 터였다. 설령 그렇지 않더라도 초인의 영역에 든 무인이라면 내공의 깊이만으로도 뇌전을 능히 막아내고도 남았다.

뚝!

텅스텐강 은사가 연줄처럼 끊어졌다. 톤 단위의 압력이 가해져도 끊어지지 않는 재질임을 감안하면 남궁혁의 검공이 실로 절륜하다고 할 수 있었다.

이어서 쇄도하는 신형. 안드로이드의 시각 반응마저 뛰어넘은 움직임이었다.

서걱!

순천자가 반사적으로 몸을 날린 순간 서늘한 감각이 기계 골격을 타고 흘렀다. 촉각을 대신하는 운영 시스템이 피해 상황을 알려왔다.

'견갑골인가.'

가볍게 베였다. 생채기보다는 깊고 치명상보다는 얕은 수준. 하지만 합금 골격의 내구도를 생각한다면 실로 무시무시한 일격이었다.

촤자자작!

피겨 스케이팅을 하듯 둥근 원을 그리며 바닥을 미끄러진 순천자가 또 하나의 병기를 사출했다.

이번엔 심플한 칼날. 손등을 뚫고 나온 칼날이 미세하게 진동하기 시작했다.

우우우웅……!

첨단 과학으로부터 잉태된 검명(劍鳴). 남궁혁은 마뜩지 않는 듯 이맛살을 찌푸렸다.

"누구보다도 오랫동안 맹에 맞서 온 걸물이라기에 기대했소만……."

"실망했다면 미안하군. 지금부터는 좀 더 노력하겠네."

"귀하의 전투력 때문은 아니오. 다만 어떤 무공을 펼칠지 기대했던지라."

"무공이 아닌 이런 장난감을 사용해서 실망했다는 건가?"

남궁혁이 고개를 끄덕였다.

"이래서야 마치 사람이 아닌 기계장치를 상대하는 것만 같잖소."

"어쩌겠는가? 이미 반 이상이 기계화된 몸인 것을."

"그렇게까지 하면서 여생을 연장하고 싶었소?"

"얼마 전까지라면 모르겠다고 말했겠지만."

순천자가 미소를 지었다. 자신의 삶에 만족한 자의 미소였다.

"이제는 그렇다고 대답할 수 있겠군."

"이유가 있다면 대답해 주겠소?"

"이유라. 간략히 말하자면 목숨을 걸 만한 일을 찾아냈기 때문이지."

잠시 침묵하던 남궁혁이 입을 뗐다.

"적시운이로군."

"그렇다네."

"맹주께서 그자를 처단하실 거요."

"정말 그럴지는 두고 볼 일이지."

남궁혁이 허공에 한 차례 검을 휘둘렀다. 대화는 끝이라는 의미. 알고 싶은 것은 모두 알았다는 제스처였다.

순천자로선 조금이라도 더 시간을 벌고 싶었다. 아무래도 자신이 빠짐으로써 천마신교에 생기는 전력 소실보다는 남궁혁이 빠짐으로써 천무맹에 생기는 전력 소실이 컸던 것이다.

'하나 그러긴 힘들겠군.'

스스스스.

남궁혁이 흘려내는 강기가 뇌전의 성질을 띠기 시작했다.

아마도 남궁가의 독문심공인 뇌신제왕공(雷神帝王功)인 모양. 무림세가의 여러 심공 중에서도 으뜸으로 꼽히는 그 기운은 정순하면서도 격렬하기 그지없었다.

'죽음을 각오해야겠군.'

순천자는 마음속으로 뇌까렸다. 수백 년을 지켜온 것이라 해도 버려야 한다. 그 정도가 아니고서는 눈앞의 사내를 당해 내기 어려울 듯했다.

기함 아미타불을 위시로 한 천무맹 제일함대는 연평도에 발이 묶였다.

두 기함 간의 백병전으로 인해 호위함들은 이러지도 저러지도 못한 채 전전긍긍했다. 그러는 동안 구 서울 시가지의 전투도 격화되고 있었다.

쿠구구구……!

북한산은 완전히 불의 세례를 통과한 뒤, 갓 깨어난 화산처럼 온통 붉은 화기가 넘실거리고 있었다.

한국군의 포격은 놀랄 만큼의 정확도로 흑웅 부대를 요격했다. 여기에는 미끼 역할이 되어준 여러 지원 병력의 도움이 컸다.

북한산을 통한 돌파에 패색이 짙어지자 중공군은 병력 재정비에 들어갔다. 궤멸당한 흑웅 부대와 일부 전차 부대를 제외하더라도 여전히 여유는 있었던 것이다.

필연적으로 전투가 소강상태에 접어든 시점. 김성렬은 승부수를 던졌다.

"지금부터 역공에 들어가겠소."

각 부대 지휘관들과 연결된 통신 채널. 김성렬은 비장한 어조로 말을 이었다.

"조금 전 연평도에서 이상 징후가 포착됐소. 소규모의 지진파가 관측되었고 군사위성에도 전투의 정황이 관측되었소."

-선배님이군요!

들뜬 목소리는 차수정의 것이었다. 그녀와 문수아가 이끄는 데몬 오더 길드는 아직 북한산 내부에 남아 있었다. 온통 불바다가 되었다지만 적지 않은 흑웅 병력이 생존 중이었던 까닭이다.

"음, 다시 말해 현재 중국군의 수뇌부는 정상적으로 지휘할 상황이 아니라는 뜻이오. 그들의 지휘 체계는 놀랍도록 단순하니."

-아직도 봉건제 시대에 살고 있는 줄 아는 인간들이니까.

냉소적인 문수아의 한마디를 뒤로한 채 김성렬이 말을 이었다.

"게다가 정황상 저들은 우리의 역습을 예상하기 어렵고, 설령 예상하더라도 대처하기에 어려운 입장이오."

-확실히 그렇군요.

임성욱이 말을 받았다.

-게다가 우리의 현 병력 배치를 보자면…….

"옛 의정부시에 진을 치고 있는 중공군을 동서남의 세 방향에서 찌르고 들어가는 형국이오."

-진형만 보자면 해볼 만해 보이는데요.

"저들의 허를 제대로 찌른다면 동두천, 연천, 나아가 38선 이북으로까지 밀어낼 수 있을 거요."

수적 열세는 아직까지도 분명한 것. 무리하게 전멸을 노리다간 오히려 거꾸로 당할 가능성도 배제할 수 없었다. 하지만 밀어내는 형태로 퇴각시키는 거라면 얼마든지 가능했다.

-최소한 숨을 돌릴 틈은 벌 수 있겠군요.

한나절의 전투를 위한 준비 기간은 그 수십 배. 전투의 역사는 짧은 전투, 긴 보급의 형태로 발전해 왔다. 적을 퇴각시킨다는 건 군수물자와 보급품을 모조리 빼앗는다는 것.

일반적으로 물자까지 챙겨 가는 식의 여유로운 퇴각이란 존재할 수 없었다. 결국 이북까지 적을 밀어낸다는 것은, 실질적으로 해당 병력을 궤멸시키는 것에 가까운 이득을 볼 수 있다는 의미였다.

물론 일이 잘 풀린대도 적시운이 패배한다면 말짱 헛일이 될 수 있었다.

하지만 그것은 불가항력. 김성렬은 되도록 이쪽의 일에만 신경 쓰자고 마음을 다졌다.

-어쨌든 지금 치면 먹힌다는 거잖아요? 그럼 더 떠들 것 없이 빨리 시작하자고요!

헨리에타의 통신기를 빼앗은 밀리아가 소리쳤다. 그 뒤로 이어지는 아옹다옹하는 소리. 강철처럼 엄격한 김성렬도 순간 실소를 지었다.

"그래, 그럽시다."

세 줄기의 병력이 북진을 시작했다.

서대문구에서 북진, 은평구를 경유하여 이동하는 동백 연합, 정면으로 북한산을 타고 넘어 북진하는 데몬 오더, 그리고 한강을 건넌 한국군 기갑 부대가 노원구를 지나쳐 동쪽으로부터 치고 나갔다.

중공군 역시 무인 드론을 통해 움직임을 포착했다. 다만 병력의 재정비가 한창인 시점이었기에 시기적절하게 요격 병력을 출격시키진 못했다.

"건방진 놈들! 자잘한 싸움에서 조금 이겼다고 기고만장해서 덤벼드는 꼴이라니!"

“우리도 마주 돌격하여 그대로 쓸어버립시다!”

“아니, 이곳은 시가지이니 맞서 싸울 경우엔 시가전이 벌어질 가능성이 높소. 그래선 우리의 수적 우세를 살리기 어려우니 개활지로 이동하여 맞도록 합시다.”

“눈앞의 적을 두고 내빼자는 거요?”

“무턱대고 싸우다가 흑웅 부대가 당한 거잖소!”

무의미한 탁상공론이 계속되었다. 그렇다고 해도 시간상으로는 30분이 채 안 되는 수준. 하지만 그것만으로도 한국군 포격 부대에게는 충분했다.

“자주포의 배치가 완료됐습니다.”

자주포 부대는 일부러 한강 이남에 남겨둔 채 동쪽으로만 이동시킨 상황. 이렇게 되면 벽이나 다름없던 북한산이 사라지고 남북으로 장해물이 존재하지 않게 된다. 조금 전보다도 포격이 용이해진 것이다.

“발포하라. 놈들이 모조리 튀겨지는 순간까지.”

4

대(對)마수전쟁 초기. 무엇보다도 인간을 경악게 한 것은 마수들의 신출귀몰한 기동성이었다.

예컨대 샌드웜. 대량의 마수를 배 속에 태운 채 땅굴을 파며 이동, 포격 부대의 발아래에서 튀어나오는 식의 공격을 펼쳤다.

지하로 이동하는 탓에 포격으로 견제할 도리가 없었다. 군사위성을 통한 추적도 어려웠고, 이동 루트 또한 자유자재였기에 미리 예측하고 대처하는 것도 불가능했다.

비행형 마수들 또한 마찬가지. 워낙 수가 많은 데다 죽음을 불사하고 달려드니 대공망의 화력이 좇아가질 못할 지경이었다.

마치 좀비 영화 속 시체들처럼 달려드는지라 현대군 또한 근접전을 강요당하게 되었다. 때마침 부각된 이온 기술의 약진까지 더해져, 근접전 능력을 갖춘 기간틱 아머가 자주포의 자리를 대체하기 시작했다.

살아남기 위한 범세계적인 전술의 변화. 그러나 그 와중에도 포병 전력을 보존해 놓은 유일한 국가가 있었다.

대한민국이었다.

콰과과과과!

쏟아지는 포화에 대지가 요동쳤다. 폐허나 다름없던 건물들은 스치는 포격에도 간단히 붕괴되어 파편을 쏟아냈다.

중공군은 의정부 시가지에 밀집되어 있었기에 정밀 포격을 할 필요도 없었다. 거의 쏴 갈기는 대로 맞는 수준. 재정비에 한창이던 중공군으로선 속수무책일 수밖에 없었다.

“제기랄! 이러다간 시내에 있던 병력이 몰살당하게 생겼소!”

“아미타불 쪽에서의 명령은 없었나?”

“그쪽도 현재 교전 중입니다. 자의적으로 판단하여 대처하는 수밖에 없습니다.”

“빌어먹을! 이게 무슨 군대고 전쟁이란 말인가!”

장군들이 분통을 터뜨렸으나 무의미한 일이었다. 화를 낼 시간에 적절한 대처 방안을 떠올리는 게 급선무였다.

“어쩔 수 없소. 일단은 외곽으로 산개하여 포격의 피해를 줄이는 게…….”

“적습입니다!”

마치 기다렸다는 듯이 오퍼레이터의 외침이 터졌다.

“한국군 기갑 병력이 서쪽으로부터 치고 들어옵니다!”

“동쪽에서도 병력 이동이 포착됐습니다!”

“……!”

장군들의 낯빛이 창백해졌다.

“미친 자식들! 그렇게까지 포격에 자신이 있다는 건가?”

포격을 때려 붓는 동시에 좌우에서 압박한다. 난전이 벌어질 경우 아군을 오폭 사격할 가능성도 적지 않았다.

그런데도 이런 전술을 택했다는 것. 어지간한 신뢰가 아니고선 불가능한 일이었다.

"어쩔 수 없소. 난전을 유도해 놈들도 포화 세례를 맞게 하는 수밖에."

"말이 좋아 난전이지 자살 작전이 아닙니까?"

"그럼 어쩌자는 건가? 이대로 있다간 우리만 일방적으로 두들겨 맞을 텐데!"

"같은 포격 부대로 맞서기는 어렵겠소?"

"인정하긴 싫지만 놈들의 포병 전력이 우리보다 우위에 있소."

"……."

무거운 침묵이 지휘 본부 안에 흘렀다.

"그게 말이나 된단 말입니까? 과학력뿐 아니라 머릿수 또한 우리가 압도적인 우위에 있을 텐데……."

"마수 전쟁을 거치며 거의 모든 국가가 근접전 중심으로 군 병력을 재편시켰소. 우리도 예외는 아니지."

"한데 놈들은 다르다는 겁니까?"

"아무래도 그런 것 같군. 비교적 포병 전력을 온전하게 보존시킨 게 분명하오."

인간 대 인간의 싸움이라면 사정거리와 병종의 다양성은 큰 무기가 된다.

게다가 한국군은 마치 이날을 기다렸다는 것처럼 만반의 준비를 갖춘 상태.

무백노사의 변덕에 의해 무턱대고 끌려 나온 중공군과는 달랐다.

"어쨌거나 대처 방안이나 생각합시다. 지금 이 순간에도 우리 사병들이 죽어 나가고 있소!"

중공군 수뇌부 전원이 머리를 맞댄 채 끙끙댔지만 묘수가 쉽게 떠오를 리 만무했다.

결국 궁여지책으로 택한 것이 산개하여 돌격하는 것. 중공군의 기갑 병력은 짓쳐 드는 한국군을 향해 무턱대고 달려들었다.

같은 시각, 한국군 사령부.

"1차 포격이 끝났습니다."

"재장전이 이루어지는 대로 계속 발포한다."

모니터에 시선을 붙박아 놓은 김성렬이 말했다.

"임성욱 의원장, 일단은 동쪽에 포격을 집중시키겠소. 자연히 서쪽에 있는 동백 연합 쪽으로 적병이 쏠릴 것이오."

-잘 알겠습니다.

"차수정 부길드장, 어느 정도면 북한산을 빠져나오겠소?"

-20분 내로 주파할 수 있을 듯해요.

"북쪽으로 빠져나오면 곧바로 적군과 조우하게 될 거요. 그대로 치고 들어가 놈들의 허리를 끊어주시오."

-맡겨주세요.

마지막으로 동쪽으로 치고 들어간 한국군 주 병력은 현 위치를 고수하게만 했다. 계산대로라면 아슬아슬한 차이로 포격 지점에서 비켜나게 될 터였다.

"놈들에게 악몽을 선사해 줍시다."

2차 포격이 시작됐다. 아무런 견제도 받지 않은 자주포 부대가 잇따라 불을 뿜었다. 정밀한 탄도를 그리며 날아간 포탄들이 중공군의 머리 위로 우수수 쏟아졌다.

원래대로라면 공중 병력이 포병력을 견제했어야 정상. 그러나 그 역할을 해야 할 비행함대는 연평도에 발이 묶여 있었다.

그 외의 공중 전력 또한 상당수 파괴된 직후. 서울에서 큰 역할을 할 수도 있었을 J-20 편대의 궤멸이 뼈아픈 상황이었다.

"제1군단으로부터 지속적으로 지원 요청이 들어오고 있습니다."

기함 아미타불의 지휘실.

잇따라 들려오는 보고에도 무백노사는 침묵을 지켰다. 그의 시선은 선실 내부를 비추는 모니터에 가 있었다. 정확히는 그중 하나. 제6식당 내부를 촬영 중인 화면에서 눈을 떼지 못하고 있었다.

제법 격렬한 전투가 이어지고 있었으나 모니터엔 손상이 가지 않았다. 덕분에 노사는 약간의 노이즈를 제외하면 아무런 방해도 받지 않고서 상황을 관측할 수 있었다.

"순천자……!"

무백노사가 뿌드득 이를 갈았다. 기계장치로 대체되어 버린 몸에 얼굴도 옛 모습과는 달랐다.

그러나 화면에 비치는 존재는 분명 그가 알고 있는 옛 사제였다.

그렇기에 더욱 이가 갈렸다. 잊고 지냈던 분노가 새삼 치미는 느낌. 하지만 역설적으로 그 덕분에 무백노사는 살아 있음을 실감할 수 있었다.

"살아남아 주어 고맙구나. 직접 네놈의 숨통을 끊을 기회를 만들어주어서 정말로 고맙다."

남궁혁과의 전투는 아슬아슬한 호각지세. 무백노사는 슬슬 나서야겠다고 마음을 먹었다.

"침입자들이 32번 섹터까지 침범했습니다!"

당혹감 가득한 외침이 들려왔다. 32번 섹터라면 지휘실까진 지척지간. 자칫하면 삽시간에 이곳까지 뚫고 들어올 수도 있었다.

"내가 처리하겠다."

마침내 순천자에게서 눈을 뗀 노사가 몸을 돌렸다.

"노사님, 서울 쪽은……."

"오대존명왕들을 파견하라. 지금 가더라도 10분 이내에 도착할 수 있을 테지!"

상황의 심각성을 보자면 실로 뒤늦은 대처. 그러나 안 하는 것보단 어쨌든 나았다. 사실 노사는 서울 쪽 전투의 향방엔 그다지 크게 신경 쓰지 않고 있었다. 어차피 전쟁의 승패를 좌우하는 것은 그들이 아니었기 때문이다.

"병사와 병기 따위는 얼마든지 충당할 수 있다. 하지만……!"

백진율과 자신이 패배하면 천무맹은 끝장. 최소한 무백노사의 생각은 그러했다.

"맹주께선 필히 승리하실 것이다. 그리고 나 또한!"

스스로에게 들려주듯 중얼거린 무백노사가 지휘실을 나섰다.

위이이잉.

선내의 각 섹터를 분할하는 강철 차폐문이 잇따라 열렸다. 노사는 느긋하기까지 한 걸음으로 걸어 나갔다. 그가 지나가자마자 차폐문들이 굳게 닫혔다.

그렇게 몇 구획을 지나가니 벌겋게 달궈져 있는 강철문이 나타났다. 절단용 토치 따위로 지지고 있는 모양이었다.

"한심한 것들."

기이잉.

노사의 음성에 반응하듯 차폐문이 열렸다. 작업용 공구로 씨름 중이던 천마신교도들이 어안이 벙벙해져선 노사를 바라봤다. 당혹감 어린 면면을 대강 훑어본 무백노사가 픽 웃었다.

"하는 짓들이 퍽 귀엽군."

"당신은……!"

금발의 어린 계집이 소리쳤다. 앞서 순천자와 함께 있던 계집이었다.

"어리고, 어리석고, 우매하기 짝이 없는 것들!"

신랄하면서도 살기 가득한 음성에 천마신교도들이 순간 얼어붙었다.

"네놈들의 꼬락서니를 보자니 역겨우면서도 가련하기 짝이 없구나."

"수백 년 묵은 괴물인 당신만 할까?"

예의 금발 계집이 날카롭게 쏘아붙였다. 무백노사가 힘껏 살기를 담아 노려보았으나 계집은 이를 악물고선 뻗댔다.

"순천자 그놈 또한 나와 비슷한 세월을 영유했지. 너희는 그놈도 괴물이라 생각하나 보군?"

"그분은 당신과는 달라."

"다르긴 하지. 놈은 기계 몸을 지닌 괴물이니까. 하나 나는 다르다. 놈과 달리 나는 인간의 몸을 고수했다."

"비록 몸은 기계지만 그분에겐 사람의 마음이 있어. 인간의 몸을 고집하다 마음이 괴물이 되어버린 당신과는 달라."

"어린 계집이 혓바닥 하나만큼은 제법 놀리는구나. 하지만 그게 네년의 명을 재촉할 것이다."

"계속 입으로만 싸우시려고, 현원자 도사님?"

"……!"

무백노사의 두 눈에서 시퍼런 안광이 번뜩였다.

"네년은 그 이름으로 날 부르지 말았어야 했다."

"원한다면 몇 번이고 더 불러줄 수 있어."

"마음을 바꿨다. 네년은 죽이지 않으마. 우선은 입을 찢고 귀를 뜯어내고 혀를 뽑아주지. 하지만 눈알만큼은 내버려 둘 것이다. 두 눈으로 순천자와 적시운이 뒈지는 꼴을 봐야 할 테니까."

엘레노아의 눈동자가 순간 경련했다. 뿌리 깊은 적개심조차 순간 흔들릴 만큼 무백노사의 살기는 무시무시했다.

"그 모든 게 끝난 다음 눈알을 뽑아주마. 굶주린 병사들이 네년의 상대가 되어줄 것이다."

"……!"

"오너라. 선수는 양보해 주지."

무백노사가 두 발을 어깨너비로 벌린 채 굳건히 섰다. 자연스러우면서도 빈틈이 없는 자세. 엘레노아는 거대한 장벽이 눈앞에 우뚝 선 듯한 느낌을 받았다.

하나 그렇더라도 뚫고 가야만 했다. 더군다나 적은 단 한 명. 그것도 적군의 핵심 인사였다.

'쓰러뜨리기만 한다면……!'

전투의 향방을 단번에 결정지을 수 있을 터였다. 마음을 다잡은 엘레노아가 손짓을 했다. 소총을 든 무사들이 겨냥하는 가운데 검과 도끼 같은 냉병기를 쥔 무사들이 전방으로 짓쳤다.

파바밧!

엘레노아 또한 그들과 함께 신형을 날렸다. 도합 10여 명의 무사가 무백노사를 목표로 합격진을 구성했다.

"하앗!"

"죽어라!"

여덟 방향에서 동시에 치고 들어오는 공격. 더군다나 그 틈새로 후방에서 쏘아낸 탄환까지 날아들었다. 현대식으로 개량된 연수합격진이라 할 수 있었으나…….

"어설프고 조악하구나."

"……!"

경멸 어린 음성이 엘레노아의 등 뒤에서 들려왔다. 조금 전까지 눈앞에 있던 무백노사의 신형은 거짓말처럼 사라진 뒤였다.

"큭!"

그녀는 급히 상체를 비틀어 공격 방향을 바꿨다. 급작스러운 반전에 몸에 부하가 걸렸다. 자칫하면 기혈이 역행할 수도 있는 위험한 상황이었으나 정말 경악스러운 일은 따로 있었다. 등 뒤에도 무백노사가 없었던 것이다.

"아!"

있는 거라고는 그녀를 뒤따르던 무사뿐. 자칫하면 팀킬을 할 수도 있는 상황에 엘레노아는 급히 몸을 억눌렀다.

덕분에 몸에 과부하가 걸렸다. 그녀는 이를 악문 채 체내를 진정시키려 노력했다. 다른 무사들도 대체로 비슷한 상황이었다.

마치 귀신에 홀린 것처럼 다들 엉뚱한 곳을 공격하거나 몸에 급제동을 걸었다. 그리고 무백노사는, 원래 있던 자리에 태연히 서 있을 따름이었다.

"악몽은 지금부터다, 애송이들아."

to be continued

쥐뿔도 없는 회귀

목마 퓨전판타지 장편소설

불친적하기 짝이 없는 이세계 '에리아'.
그곳에 소환된 '이성민'.

13년의 생활 끝에 죽음을 맞이한 그에게
또 한 번의 기회가 주어졌다.

재능이 없다.
그러나 그에겐 13년의 기억이 있다.

우연처럼 엮인 필연이, 그리고 목적이
그를 앞으로, 더 높은 곳으로 나아가게 한다.

이성민은 무엇을 바라였는가.
무엇이 되고 싶었는가.

"나는 다시 살아가 보고 싶다.
전생보다 나은 삶을."